披露宴の夜に抱かれて

CROSS NOVELS

日向唯稀
NOVEL:Yuki Hyuga

明神　翼
ILLUST:Tsubasa Myohjin

CROSS NOVELS

CONTENTS

CROSS NOVELS

CONTENTS

披露宴の夜に抱かれて

Presented by Yuki Hyuga with Tsubasa Myohjin

CROSS NOVELS

日向唯稀

Illustration 明神 翼

プロローグ

東京都港区《とうきょうとみなとく》の一角に建つ老舗《しにせ》の結婚式場ホテル・青山静汕荘《あおやませいざんそう》には、四季折々の彩りが堪能《たんのう》できる庭園がある。

もとは格式高さが際立つ日本《にほん》庭園だったが、五年前に外資系のホテルグループ傘下に入ったことをきっかけに、リニューアルオープン。和と洋が程よく融合した、親しみやすくて華麗な庭園となった。

今ではガーデンウエディングやパーティーなどにも利用される、静汕荘の売りの一つだ。

「うわっ。寝坊だ寝坊。今日は忙しいから、サービスで早出しようと思ってたのに、いつもと同じになっちゃったよ」

ホテル関係者専用の裏路地を走っていたのは、配膳《はいぜん》事務所から宴会課に派遣されてきたサービスマン・小鳥遊智之《たかなしともゆき》。

身長は四捨五入してやっと一七〇センチと伸び悩んでしまったが、スレンダーな肢体に綺麗《きれい》で優しい顔立ちが魅力的な、かなりの美形だ。

「それにしても——。バラが満開だな。梅に桜にツツジにバラ。ここは裏も表もなく、綺麗に手入れしてるから、自然とモチベーションが上がるな」

視界に飛び込む景観のよさに、自然と笑みが浮かんだ。

しかし、ルックスだけならユニセックスで楚々《そそ》とした印象さえある小鳥遊だが、性格は大らかで竹を割ったような男前だった。

それなりに腕も口も立つことから、甘く見て絡むとえらい目に遭わされる。

もちろん変に絡みさえしなければ無問題で、仕事中であってもなくてもサービス精神が旺盛《おうせい》かつ常に笑顔が絶えない。

それが小鳥遊という、大学を出て二年目を迎えた青年だ。

「よし。今日も一日頑張るか」

晴れ晴れとした青空、緑の木々、色とりどりの花々に元気をもらい、小鳥遊は通用口からホテル内へ入った。

すぐに見慣れた後ろ姿が目にとまる。ここで一番馴染《なじ》みのある宴会課の課長・牧田浩一《まきたこういち》だ。

真面目《まじめ》で実直なのは確かだが、少し野暮ったい黒縁の眼鏡がいっそう彼の人柄を際立たせる。

いつ見てもニコニコとしていて、笑顔が絶えない静汕荘の癒《い》やし系課長だ。

「おはようございます。牧田課長」

「あ、小鳥遊。おはよう」

しかし、小鳥遊が意気揚々《ようよう》と声をかけるも、振り向いた牧田の顔は、どんよりと曇っていた。

手には段ボール箱が抱えられており、中には生まれて一ヶ月ほどの子犬二匹と子猫二匹が入っている。

子犬は柴のような顔つきの白毛と黒毛。子猫は雑種の白茶のブチとキジトラだ。

「うわっ。その子たち…。もしかして、また……ですか？」

「ああ。もう、信じられないよ。リニューアルしてから年に数回、今年はもう三回目だ。うちの庭園は野生動物公園じゃないっていうの」

一目で捨てられていたことがわかる子犬と子猫を見て、小鳥遊が慌てて駆け寄った。

牧田は怒りを通り越して、すでに呆れていた。ため息交じりに漏らした失笑を見て、小鳥遊もぐっと息を呑《の》む。

「いや、仮に公園だとしても、生き物を置き去りって問題だけどさ。でも、何か勘違いしてるよな、この手のことを平気でする飼い主たちって。動物は緑が豊かなら、それだけで生きていけるとでも思ってるのかな？　こんな生まれて間もない子、カラスや鳶《とんび》に襲われたらそれっきりだし、自分で餌《えさ》なんて捕れないのにさ」

近年、静汕荘では無責任な飼い主たちによる子犬や子猫、時には爬虫類《はちゆうるい》などの放置が増えていた。

都会のオアシスがごとく、庭園に野良猫や野良犬が住みついて繁殖してしまうのも困るが、わざわざここまで来て放していく飼い主には憤りしか覚えない。

かといって、敷地内で見つければ保護しないわけにはいかない。

牧田は特に動物好きなのもあり、こうして園内で発見されるたびに、自ら里親探しを買って出ていた。上司や同僚にも協力を求めて、一匹たりとも保健所送りにはしたことがない。

そんな姿をいつも見ているだけに、小鳥遊も率先して里親探しの協力をしてきた。これまで五匹の子犬や子猫を新たな飼い主のもとへ送り出している。

だが、こういった努力をすればするほど、〝ここへ置いていけば、どうにかしてくれる〟と思われるのか、捨てられる頻度が増してくる。

牧田が口にしたように、今年はこれで三度目だ。

まだ六月だというのに、回数だけなら去年に並んでしまった。

この分では、今後も増えることはあっても、減ることはないと予想がつく。

ただ、今後の対策はさておき、問題は今日だった。

六月の週末とあって、年内一の忙しさといっても過言ではないスケジュールだ。

どんなに時代が変わっても、ジューンブライドに大安吉日が重なる日だけは特別だ。梅雨の時期を避けて、春や秋に日取りを決める若者たちは増えてきたが、それでも日取りのよさに幸運をあやかりたい者たちがあとを絶たないのも、また事実だからだ。

「それで、牧田課長。この子たちは？」

今日のバックヤードが修羅場になると想像できるだけに、小鳥遊は丸まって身を寄せ合う四匹を見て、不安になった。

「とりあえず事情を説明して、支配人の幼馴染みが後援会長をやってるとかっていう保護団体を紹介してもらうよ。これまでどおり、自分で里親探しを頑張りたいのは山々だけど、〝これ以上は仕事に差し障る。気持ちはわかるけど次は考えろよ〟って、支配人からも釘《くぎ》を刺されていたからさ」

牧田は箱を抱きしめながら、個人ではこれが限界だと無念そうだ。やり場のない悲憤が小鳥遊にも、ひしひしと伝わってくる。

「けど、代わりに犯人捜しは徹底的にやる」

「犯人探し？」

「ああ。今回は警察を入れてもらうように進言する。防犯カメラのデータから、こいつら置いてった犯人を絶対に特定する。そもそもこういうことをする奴らに限って、動物の愛護及び管理に関する法律があることなんて、微塵《みじん》も知らないんだろうしな。動物愛護法第六章！　愛護動物を遺棄した者は、百万円以下の罰金に処す。ついでに上司たちを煽《あお》って、業務妨害も上乗せして、お前のやったことは人道に反するのと同時に、法的に犯罪なんだって思い知らせてやる。絶対に許すもんか！」

牧田は、今後の抑止力にするためにも、四匹を捨てた飼い主を徹底的に叩くと決めたようだ。

これまではホテルとしての体面もあり、内々にすませてきたが、それでは埒《らち》が明かないと考えたのだろう。

むしろ、ここはホテルだ。一般家庭でもなければ、公共施設でもないのだから、業務妨害を理由にすれば罪を問いやすい。

これには小鳥遊も大賛成だった。

「なら、俺もできることは協力します」

「ありがとう。心強いよ」

二人で鼻息を荒くしていると、奥から若い男性社員が現れる。

「牧田課長――と」

牧田だけではなく小鳥遊が一緒にいたためか、男性社員が駆けつけると同時に頭を下げる。

心なしか頰《ほお》が赤らんでいた。

「小鳥遊さん。おはようございます。連日お疲れ様です」

「おはよう。今日も一日よろしくね」

「はい！　こちらこそよろしくお願いします！」

「で、どうした？」

一瞬にして目的を忘れ、小鳥遊に見とれてしまった男性社員を、牧田が箱の角で小突いた。

急に箱が揺れたせいで、中から心もとない鳴き声が聞こえる。

小鳥遊が「牧田課長！」と注意を促す。

「あ、すまん。で、なんだ」

「えっと、そうだ。先ほどこの子たちを見つけてくださったお客様が、もしもこの場に引き取り手がいない場合は、全部連れて帰りますって、おっしゃってくれたんです。それを知らせに」

「本当か、それ」

思いがけない吉報に、牧田の目が輝いた。喜びと一緒に箱が上下し、再び「くぅ」「みゃぁ」と聞こえてくる。

小鳥遊は「また、課長！」と、慌てて子犬たちが入った箱を押さえた。

だが、そんな小鳥遊もこの吉報には自然と笑みが浮かんでいる。

牧田が恥ずかしそうにしていると、

「事が事だけに、失礼を承知で〝四匹も大丈夫ですか〟って伺ったんです。そうしたら、必ず自分で飼うなり、きちんと飼い主を探すなりの責任は持つから安心していいと。ただ、できれば披露宴が終わるまでは、ここで預かってほしい。無理なら、すぐに迎えを呼ぶとおっしゃって」

「いやいや。それぐらいならこっちで預かれる。大変な日に申し訳ないが、お願いできるならそうしてほしいと伝えてくれ。俺も部長に話してから、一緒にお礼に伺うから」

「わかりました。では、先に伝えておきます」

男性社員も肩の荷が下りたように、笑ってこの場をあとにした。

簡単に四匹も引き取れるものかと、一瞬小鳥遊も危惧《きぐ》をした。

だが、相手も牧田同様、ボランティア活動をしているのかもしれない。「すべて飼う」と言わ

れたら不安だが、「飼い主を探す」という言葉も添えられていたので、かえって安心できた。

「よかったですね。牧田課長」

「ああ。本当にな」

小鳥遊と牧田が笑い合っていると、箱の中から四匹が不思議そうに見上げてくる。

「みぁ〜」

「きゅん」

「みぃ」

「くぅんん」

つぶらな八つの瞳からは、不安の類《たぐい》は感じない。先ほどまで身を寄せて、ぶるぶると震えていたのが嘘《うそ》のようだ。

小さな身体いっぱいに、牧田の感情を察知していたのかもしれない。心なしか四匹も笑っているように見える。

「ってことで、小鳥遊。俺は部長のところへ行ってくるから、今日も一日頼むな」

「はい」

いつになく立ち話に時間を取ってしまったが、小鳥遊は快く更衣室に向かうことができた。

急いで持参したシャツに黒服と蝶ネクタイを着用し、無香料のムースで軽く髪を整えると、本日の担当部署である大広間のバックヤードへ向かう。

「それにしても、披露宴が終わるまでか。まさか結婚式のお祝いに来て、子犬や子猫を連れ帰ることになるなんて思わなかっただろうな。そのお客さんも」

ここから先は派遣とはいえ、社員となんら変わりなく動く。

いったん黒服をまとい、ネームプレートをつければ、来客たちにとっては当ホテルの職員だ。

一見でバイトと派遣と社員の区別はつかない。

だからこそ、小鳥遊は黒服を脱ぐまで、静汕荘の名に恥じない仕事に徹する。

それが、小鳥遊の所属する国内外でもトップサービスの評価を受ける派遣事務所・香山《かやま》配膳の一員としての誇りであり、また最低限の仕事だったからだ。

1

もともと家内家業からスタートした青山静汕荘の経営陣は、初代の森岡《もりおか》社長から始まり、今現在も森岡家の直系男子によって受け継がれている。

歴史と伝統、そして格式を重んじる老舗の式場ホテルとして、昭和《しょうわ》の時代は特に栄えたものだ。その証《あか》しが今もなお、青山の一角に敷地を維持して営み続けていることだ。

しかし、そんな静汕荘の経営にも陰りが出始めたのが、バブルの崩壊から始まった底の見えない不況時代だ。

そして、経営地盤が緩みに緩んだところでトドメを刺したのが、リーマンショックによる更なる追い打ちだ。

さすがに国内はおろか、全世界をも巻き込んだこの事態には逆らえず、静汕荘も一度は閉館を考えた。それまで家内経営を続けてきたが故の閉鎖的な思考が邪魔をし、うまく視野を広げて検討できなかったことも、衰退に拍車をかけてしまったのだ。

だが、そんなときに持ち上がったのが、米国を拠点に〝ホテルの立て直し〟を専門として大成功を収めたベルベット・グループ傘下入りの話だった。

創業経営者でありゼネラルプロデューサーでもあり、また自身がベッドメイクからの叩き上げのホテルマンという経験を持つ若き日本人経営者・圏崎亨彦《けんざきみちひこ》が凱旋《がいせん》帰国すると同時に、日本国内にも経営の手を広げることになった。静汕荘は生き残りをかけて、このベルベット・グループからの申し出を受ける決心をしたのだ。

そうして傘下入りを果たした静汕荘は、日本国内のベルベット・グループ一号店として、リニューアルオープン。老舗故に敷居の高かったイメージを程よく崩し、立地のよさを最大限に生かした宿泊施設として平日低料金を再設定したことで、まずは利用客を増やすことに成功した。

また、これまでは社員のみですべてをまかなっていたサービス部門に関しても、業界内で最高評価を得ている香山配膳の主力メンバーを一時的に常駐。接客と配膳の指導員として配置することで、静汕荘社員自体のサービス技術と精神を向上することにも成功した。

今では利用者の好感度や評価も上がり、ネット上の口コミも上々だ。

経営そのものが軌道に乗り、背水の陣で傘下入りを決断した森岡社長も、今では専務だった長男に代表の座を任せて引退。心静かに隠居生活が送れるようになった。

そうして当時の常務だった次男が専務に持ち上がり、また空席となった常務の席には海外研修から帰国した三男・森岡大喜《だいき》が就くことになった。

長身で体格のよい彼は、学生時代にアメフトをやっていたようなスポーツマンで熱血漢。サービス現場の支配人を兼任する常務職に、自ら率先して動くタイプの彼が就いたことで、静汕荘は更にリフレッシュした。

これで園庭に子犬や子猫を放置される問題が起こらなければ順風満帆なのに――と、誰もが口を揃《そろ》えてぼやくほどだ。

それでも今日は、早々に里親が決まった。

おかげで、勤める者たちの気がかりは相当軽くなっていた。

小鳥遊だけではなく、牧田もすぐに気持ちを切り替えて仕事にあたる。

「牧田。一発目の段取りは大丈夫か？　十分確認したのか？」

招待客三百名の大披露宴の準備が終わった大広間に、森岡が現れた。

呼ばれた牧田が足早に寄っていく。

「はい、支配人。しつこいぐらい確認しましたから、大船に乗った気でいてください」

年より上に見られがちな森岡と、年より若く見られがちな牧田が並ぶと、五歳は離れて見えた。

だが、二人は同い年で今年で三十歳。立場こそ違えど話も合い、仲がよかった。

大学を卒業後、森岡が研修に出るまでの一年間とはいえ、ここで一緒に新入社員時代を過ごしたこと。そして、その後も静汕荘の話題に絡んで定期的にメールのやりとりをしてきたことが、二人にとっては強い結びつきとなっている。

それもあって森岡は牧田を相手にするときは、いつにもましてざっくばらんだ。

牧田のほうも、必要最低限の立場と体面は保って話しているが、それでも年上の上司を相手にするよりは相当気が楽そうだ。

「そんなこと言って、あとから〝しまった〟は聞かないぞ。今日の大広間は、今月どころか本年度最大の山場と言ってもいいような結婚披露宴なんだからな」

森岡が、入念に会場内を見渡した。

大広間の上座には、新郎新婦が着席する高砂《たかさご》が設置されて、キャンドルサービス用の豪華なオブジェからテーブルを彩る生花までが寸分の狂いもなくセットされていた。

そして来賓側には、一卓八人から十人が着席できる円形テーブルが三十二卓、これも見事なぐらい均等に配置されている。

しかも、どのテーブルにもすでに洋食の基本となる飾り皿を中心に、グラスセットやシルバー製のカトラリーが美しく並べられているのだが、よほど気合いを入れて磨いたのか、いつにもましてキラキラとして見えた。

森岡が一瞬目を細める。

「大丈夫ですって。俺たちだけなら心配ですけど、昨夜の準備段階から今朝の最終確認まで、一緒にチェックしてくれたのは小鳥遊ですから」

「小鳥遊が、昨夜から?」

「はい。新郎は支配人のご友人であると同時に、静汕荘とも縁の深い有栖川《ありすがわ》製菓の跡継ぎ息子さんですからね。それを知った小鳥遊が、気を遣って事務所に交渉してくれたんですよ。なので、昨日今日はフル出勤してくれます」

「そうか。それなら安心だな」

どうりでグラス一つ取っても、普段と違って見えるはずだ——と、森岡は思っていた。

これは何が違うのか、説明のつかない僅差だった。

だが、こうして香山の人間が手を入れ、最終チェックに当たったセッティングは、いまだ静汕荘の社員たちだけで仕上げたそれとは、違って見える。

近年、サービスレベルが格段に上がったと評価されているにもかかわらず、いまだに香山の仕事には追いついていない証拠だ。それを自ら認めているようで、森岡の表情もいささかすぐれない。

もっとも、これこそが国内最高のサービスレベルを「A」でも「S」でもなく「香山レベル」と言わしめる所以《ゆえん》の一つなのだが、眩《まばゆ》いグラスを見つめると森岡は溜息《ためいき》が漏れそうになった。

牧田に至っては、ただただ感心している。

「俺たちも早く、ああなりたいものですね」

いい意味で開き直っていた。

「確かにな。それにしても、六月の週末——。それも大安吉日の今日に香山配膳のトップサービスマンがフル出勤なんて。さぞ、他社からは恨まれてるだろうな」

森岡は、溜息を呑んで笑ってみせた。

牧田同様、あえてここはいいほうに解釈し、気持ちを切り替えたようだ。

すべては、ここへ訪れてくださるお客様のため。お客様にとってよりよいサービスが提供できるのであれば、そこに誰の手が加わっていたとしても問題はない。

細やかでも悔しいと思うなら、今以上の技術とセンスを磨くしかない。目の前で光り輝くテーブルセットを、次は自分たちだけでつくれるようになるためにも。

「ですね。赤坂《あかさか》プレジデントやマンデリン東京あたりなら、招待客五百人規模の宴会が入っていそうな日程ですし。恨みはしなくても、現場の担当社員たちには嫉妬《しっと》されてると思いますよ。いくら小鳥遊の学生時代のメインホールが静汕荘《ここ》だったからって、依怙贔屓《えこひいき》をするな。そもそもお前を香山のトップまで育ててきたのは、うちのホテルの宴会場だって同じだろうって」

「そういや、名だたるホテルの宴会場には、必ずと言っていいほど香山のＯＢが勤めてるんだったな。熱烈なヘッドハントにあって」

他愛もない世間話はしているものの、森岡も牧田も場内の再チェックに余念がない。

セッティングそのものは言うことなしだが、その後床に落ちたゴミなどあっては大変だ。そのあたりは暗黙の了解で、目を凝らしている。

「ええ。香山の人間が一人いるだけで、宴会課のサービスが自然に向上しますからね。ただし、よほどの理由があって香山自体がメンバーを揃えたい、一室フルに香山レベルのメンバーで接客したいなんてことになると、ＯＢにも声がかかる。そしたら、年休を取ってでも他社の宴会に行ってしまうところが、問題ですけどね」

「そういうイレギュラーを承知の上でのヘッドハントじゃ、ホテル側もOKするしかないしな」

「でも、OKする代わりに、香山配膳そのものに恩を売れますから。結局のところは、持ちつ持たれつってことみたいですけどね」

牧田が何かに目にとめ、しゃがみ込んで拾った。

高砂や来賓テーブルを飾っていた生花、バラに合わせて組まれていた霞草《かすみそう》の花びらだ。

指で摘《つま》み上げて、ニコリと笑う。

どうやらこれ以上は何も落ちていない。披露宴会場のほうは、準備万端だ。

「違いない。それで、肝心の小鳥遊はどこにいるんだ？」

互いに〝大丈夫だ〟と了解し合うも、ふと森岡が牧田に尋ねた。

「お茶出しの様子を見に行ってますよ」

「お得意の事前チェックか？」

「はい。小鳥遊流ムードメーカーへの根回しです。本当に、徹底してますよ。すべてを円滑に運ぶための努力とはいえ、前もってムードメーカーになりそうな来賓の把握と御機嫌伺いまで欠かさないって。並大抵じゃないです」

「めでたい席とはいえ、何をきっかけに雲行きが怪しくなるかわからないからな。できる限りそういった事態は避けたい。そのためにできることがあるなら何一つ怠《おこた》らないが、彼のモットーだったな。俺たちも見習わないと」

「ええ」

お茶出しとは、先に行われる結婚式に参列する親族の控え室で、ウエルカムドリンクをふるまう接客のことだった。

祝いの席では「お茶を濁す」「茶々を入れる」という意味もあることから、煎茶《せんちゃ》などは使わない。桜の塩漬けを湯でのばし、開花させた桜茶を縁起物として用意する。

だが、親族だけが集まる時間帯だけに緊張が解けて、個々の人間性や力関係などが浮き彫りになる。

また、披露宴前にも同じようなお茶出しの場が来賓に設けられるのだが、ここでも親族同様のことが窺える。

年間百組以上の結婚式に立ち会えば、どんなときにどんなことを発言する者が周りの気分を盛り上げ、またぶち壊すかはだいたい予想がつけられるようになる。

特に、お酒が入ると自分の発言に責任を持てなくなるタイプも一人や二人はいるので、そういった者たちの暴走を極力抑えるためにも、小鳥遊は本来なら駆け出しスタッフが担当してもおかしくないようなお茶出しの場にも率先して立ち会った。

すべては一生に一度の晴れ舞台であり、新郎新婦にとって大切な記念日を、参加者たちと共に気持ちよく過ごしてもらうためだ。

「それにしても、香山T　F《テン・フィンガーズ》の六代目トップか。さすが、一流の仲間たちが認めて初めて決まるリーダーだけのことはありますよね。まあ、トップの絶対条件が〝花嫁よりも美しい配膳人の異名に相応《ふさわ》しいこと〟ってあたりで、初めから目星をつけられて、ガンガン鍛えられていたんでしょうけどね」

「違いない。小鳥遊本人が聞いたら、怒るだろうけどな」

「あれだけ美形なのに、それがコンプレックスですからね。同じ美形でも香山社長みたいな長身ならカッコもつくけど、背が足りないから見た目で女扱いされるのが腹立つって。酔っ払うと必ず愚痴《ぐち》ってますから」

「中身は豪快だからな」

「それで〝男勝《まさ》り〟って言われて、〝俺は正真正銘の男だ〟って更に暴れるんですけどね。まあ、何にしても憎めないし、人好きする奴ですよ。小鳥遊は」

目が合うと、二人で笑い合う。

ちなみに――牧田が言った「TF」とは、その時々の最高実力者と認められた香山配膳のトップテンのことで、こうした宴会場とキッチンを繋《つな》ぐコミ・ド・ランから、レストランのようなシェフと客を繋ぐシェフ・ド・ランまでを完璧にこなす者たちに渾名《あだな》されたグループ名のようなものだ。

そもそもは、「着飾った花嫁より美しい」と言われた初代香山社長の長女にして、現在の二代目社長・香山晃《あきら》の姉・響子《きようこ》を慕って集った最高ランクの黒服男たちが発端だが、それも今や六代目。業界内ではすっかり名物になっている。「一度はＴＦと一緒に大仕事がしたい」と希望するホテルマンは、いまだあとを絶たないほどだ。

「牧田課長！　あ、支配人も。小鳥遊さんが大変です！」

話も終わったところで、突然の知らせが入った。

牧田と森岡が、そしてその場にいた社員たちが、いっせいに出入り口のほうを振り返る。

「どうした？」

「何かトラブルか？」

「はい。新郎に求婚されたんです！」

「は⁉」

声を発したのは牧田だったが、気持ちだけなら全員一緒だった。

――は⁉　何を言ってるんだ、こいつは⁉　だ。

だが、駆け込んできた社員は、相手が上司だというのに憤慨を露《あら》わにした。

声を荒らげて、改めて説明をする。

「ですから、突然血相を変えた有栖川様が現れたと思ったら、小鳥遊さんの腕を摑《つか》んで〝私の花嫁になってくれ〟って、無理やり控え室に連れていっちゃったんですよ！　それで、俺たちが慌てて追いかけたら、悪いようにはしないから大丈夫だって閉め出されて。けど、これってどう考えても悪いですよね⁉　いきなり〝花嫁になれ〟ですよ！」

——なんだそれは⁉

——有栖川が⁉

牧田と森岡、それぞれが声にならない悲鳴を上げると同時に、すぐさま身を翻した。

「っ、支配人！　チーフ‼　待ってください」

今だけは足早に移動ではなく、走って控え室へ向かった。

お茶出しを兼ねた人間観察を終えた小鳥遊が廊下へ出たのは、十分前のことだった。

大広間へ移動しようとしたところで、突然本日の新郎とわかる男性・有栖川諒一《りょういち》に腕を摑まれた。

そのまま「私の花嫁になってくれ」と言われて控え室に連れてこられたものの、煌《きら》びやかなウエディングドレスを前に、首を傾《かし》げるばかりの状態が続いている。

「え？　もう一度言ってもらっていいですか？」

「これで四度目だが、何度聞かれても話は変わらないよ。新婦が逃げてしまったから、式と披露宴の間だけ君に身代わりを務めてほしい」

四度目と言いながら、怒る様子もなく同じ口調で説明を繰り返す有栖川は、これからガーデンチャペルで式を挙げ、その後は本日の目玉である大広間で披露宴を予定している新郎だった。

姿こそ今初めて見たが、彼が支配人である森岡と同い年の幼馴染みであり、静汕荘にとっても縁の深い老舗製菓の御曹司《おんぞうし》であることは、小鳥遊も連れ込まれた控え室の名札ですぐに理解した。

特に、有栖川製菓・本店の紅白饅頭《まんじゅう》と葬式饅頭は、業界内でもお返しものとして有名だ。小鳥遊も仕事柄、よく目にしているので、なんとなく親近感もある。

「もう一度言ってもらっていいですか？」

「だから、新婦が逃げてしまったから、式と披露宴の間だけ君に身代わりを務めてほしい」

ただ、それにもかかわらず、何度聞いても小鳥遊が理解できなかったのは、すでに上質なフルオーダーのタキシードを身にまとった男の言い分だった。

饅頭屋の御曹司の肩書からはイメージできない有栖川は、ブライダル雑誌から抜け出してきたような長身にスリムなボディーと、上品で甘みのあるマスクを持っていた。

シルバー系のフロックコートは、ハーフかクオーターを連想させる彼のルックスを、これ以上ないほど際立たせており、小鳥遊のような同性の目から見ても溜息が出そうなハンサムだ。

控え室に待機していた女性美容師たちなどは、状況丸無視で見とれている。

しかし、それだけに小鳥遊は彼に何度となく同じ質問を繰り返してしまった。

それは「花嫁の身代わり」がどうこうよりも、この見た目と御曹司の肩書にいっぺんの曇りもない彼の口から、「花嫁に逃げられた」という言葉が出てきたことが、なかなか信じられなかったからだ。

それでもさすがに五回も聞くと、話は先へ進む。

「俺が新婦？　それって俺に、あなたの花嫁の代役として式と披露宴に出ろって言ってます？」

「ああ。やっと話が通じたようだね。さ、着替えて。式の時間が迫ってるんだ」

とはいえ、小鳥遊にとって本当の問題はここからだった。

ホッとしたのか、有栖川は極上な笑みを浮かべると、事もなげに豪華絢爛《けんらん》なウエディングドレス――当然こちらもオーダーメイドの最高級品を指したからだ。

「いや、何馬鹿なことを言ってるんですか。俺は男ですよ。それがどうしたら、あなたの花嫁？こんなの、話が通じる通じない以前の問題でしょう」

自分でもなんの話をしているんだと思いながら、小鳥遊は至極真っ当な返事をした。

変な話だが、私服で間違われたというなら一万歩ぐらい譲るが、小鳥遊がまとっているのは漆黒のタキシード。派遣とはいえ、本日は大広間進行の牧田の助手を務めることから、幹部社員と変わらぬ装いでいた。

それにもかかわらず、新婦役？

怒っていいのか、呆れていいのかわからない。

土壇場で相手に逃げられたショックで、頭のネジが二、三本飛んでしまったというなら、大変気の毒な話だし、同情も起こるところだが。

「それは十分承知の上だよ。ただ、奇跡的というか不幸中の幸いというか、君はかなり新婦とよく似た容姿をしているんだ。こう言ってはなんだが、君のほうが美人だ。逃げた新婦役になり得るのは、君しかいないってことだよ」

「は？」

「事情が理解できたら、着替えを頼むよ。日当は保証するし、謝礼も上乗せするから」

小鳥遊に湧き起こった同情は、一瞬にして大破した。

誰がどう聞いても、有栖川は本気だった。真顔で小鳥遊に新婦役のアルバイトを依頼してきたのだ。これには小鳥遊も反撃に出る。

「いや、待ってください。誰がこんなおかしな話を理解したと言いました？　ましてや俺はたったの一言も、〝花嫁役をやる〟なんて言ってないでしょう」

「今、言ったよ」

子供かよ！　と突っ込みたくなる揚げ足を取られて、更に激怒した。

話を聞いて駆けつけた牧田と森岡が部屋に入ってきたのは、このときだ。

「真面目な顔をしてふざけたことを言わないでください！　俺はそんな話は承知してないし、花嫁役なんかやりません！　だいたいどうしたら、逃げた花嫁の代わりを男の式場スタッフがやるなんて話になるんです？　百歩譲って俺が女ならまだしも、男ですよ男！」

「だから、それは百も承知だって。けど、この場に君以上に似ている人がいないんだから、仕方がないじゃないか。それに君はかなりの女顔だし。その顔なら特に厚塗りする必要もなく、花嫁役ができる。背丈も――ドレスにちょうどよさそうだしね」

どんなに腹が立っても、相手はお客様だ。それも静汕荘にとっては大口かつＶＩＰ待遇のお客様。小鳥遊も辛うじて言葉遣いだけは気遣っていた。

だが、自分とドレスを見比べられた瞬間、さすがに我慢も限界へ達した。腹立たしいほど綺麗な顔でクスっと笑われ、堪忍袋の緒が切れたのだ。

「貴様っっっ！　一発殴られなきゃ目が覚めないのか！　何が女顔だ、背丈もちょうどいいだ！　言うに事欠いて、人が気にしていることをずけずけとっ!!」

「わわわっ！　小鳥遊っ!!」

完全に地雷を踏まれた小鳥遊が、有栖川の胸ぐらに摑みかかろうとした。

牧田が慌てて飛びつき、羽交い締めにして止める。

「私にしては、珍しく褒めたつもりだけど」

「俺にとってはド・ストレートな嫌がらせだよ」

控え室はあっという間に修羅場と化した。

牧田一人では怒りに駆られた小鳥遊に振り払われそうになり、森岡も一緒になって止めにかかる。

「小鳥遊！　落ち着け、小鳥遊！」

「そうだ。今は営業時間内だ。口も出すな、手も出すな」

「放してください！　俺は女顔で寸足らずって言われたんですよ！　それも初対面の相手にですよ、初対面の相手。こんな侮辱、絶対に許せません！」

「それはそうだが、お前が美人なのは確かだし」

「そうだぞ。それに、有栖川だって褒めたつもりだって言ってるだろう。実際、こいつはお世辞でもこの手の褒め言葉は口にしない男だから、本気でお前の容姿に感心しただけだと思う。侮辱のつもりもまったくないから、ここは俺の顔を立てて許してやってくれよ」

フォローのつもりが、フォローの役割を果たしていない典型の二人に、小鳥遊の目尻がますますつり上がる。

せめて本人から謝罪があればと、有栖川を睨《にら》む。

しかし、有栖川にはまったく反省の色がない。それどころか、彼は彼で式の時間が迫っているためか、次第に機嫌が悪くなっていた。

「往生際が悪いな」

溜息交じりにぼやく。

「なんだって⁉」

「こういう言い方はしたくなかったんだが、そもそも新婦を逃がしたのはどこの誰なんだ。ここの介添えやスタッフだろう？　完全にホテル側のミスじゃないか。それをホテルの者がカバーし、補うのは当然の配慮。いや、責任だろう。そうじゃないのか、森岡」

「それは、その――すまない」

有栖川と森岡のやりとりが、そうでなくても鎮火する兆《きざ》しのなかった小鳥遊の怒りに、ガソリンをぶちまける。

「ふざけるな！　新婦に逃げられたのは新郎であるあんたの責任であって、他の誰のせいでもない。別にホテル側が意図して逃がしたわけでもないのに、どういう言いがかりをつけてるんだよ」

「小鳥遊！」

牧田や森岡が必死に押さえるも、小鳥遊はそれを振り切った。

「だいたい逃げられたからって追いかけもしないような相手と、何が結婚だ。こんな土壇場になって逃げたほうにも問題はあるが、逃げられたあんたのほうにだって問題はあるだろう」

さすがに二人の手前、有栖川の胸ぐらに摑みかかることはなかったが、その分怒りのすべてが口から出た。

それほど小鳥遊は、有栖川の言い分が許せなかったからだ。

「それに、身代わりを立てて結婚式と披露宴だけ乗り切ったところで、そのあとはどうするんだよ。祝いに来た親類縁者から来賓のすべてを騙《だま》して、それですむのか？　バレないと思ってるのか⁉　これって、どこの誰よりあんた自身の信用にかかわることだろう？　長い目で見たら嫁に逃げられたなんていっときの恥だが、嘘偽りは信用の失墜だ。一生の後悔になるんじゃないのかよ！」

小鳥遊はこの世界に入って、すでに五百組以上の結婚披露宴に携わってきた。今回のように土壇場になってこじれたカップルも、実際何組かはあった。理由はおのおの違うものの、披露宴がただの食事会になってしまったケースも経験してきた。

だが、それでも偽の花嫁で乗り切ろうとした新郎は、有栖川だけだ。

そして、花嫁が逃げた責任をスタッフ側に押しつけてきたのも、また彼だけで――。

いくらなんでも、そこまで責任を持てるか、持つ必要もないだろうと、安易に返事をした森岡にも腹が立って、声を荒らげてしまったのだ。

「別に、そんな大げさなことにはならないよ。式と披露宴が終わったら、成田《なりた》で破談したですむ話だ」

怒り狂う小鳥遊に、有栖川が平然と言い放った。

「なんだって？」

「だから、式と披露宴さえ無事に終われば、後日破談になりましたですませるから大丈夫だと言ってるんだ。もともとこの結婚式自体、年老いた祖母のために企画したものだ。安心させたいというか、恩返しのつもりで仕組んだだけだから、君が心配するようなことは一切ない。先に逃げた花嫁も、偽物のアルバイトだ」

小鳥遊からしたら、「は？」だった。

「それに、私の親族はともかく、それ以外の来賓には、先にこれが偽の結婚式だと説明してある。

すべてを承知の上で足を運んでくれた数名以外は日雇いのエキストラだから、信用が失墜することもない」

よもや、まさかという説明をされ続けて、小鳥遊はただ唖然《あぜん》としてしまう。

「今の私に必要なのは、この場を凌《しの》ぐための新たな花嫁役の君だけだ。さ、わかったら着替えてくれ。森岡からも説得してくれ」

わけありの新郎新婦が来賓や親族にエキストラを使うケースは、小鳥遊も聞いたことがある。実際、どこでエキストラを頼めばいいいんだと、ホテル側の担当者に相談する新郎新婦がいたという話も、何度となく耳にした。

香山配膳の事務所にも、間違えて問い合わせがあった——なんて話も含めて、意外にいろんな事情が露見するのが結婚式などの冠婚葬祭だ。

しかし、基本となる結婚そのものが偽装だったというケースを明かされたのは、さすがに小鳥遊も初めてだ。有栖川の友人である森岡は承知していたようだが、一緒に聞いてしまった牧田は戸惑いが隠せずにいる。

もちろん、小鳥遊や牧田の立場からすれば、言われた仕事を黙々とこなすだけだ。

森岡にしたって静汕荘そのものにしたって、引き受けているのは結婚式と披露宴の準備と進行であって、それ以外の何物でもない。

結婚の中身がどうであっても、ビジネスはビジネスだ。

ただ、それだけのことだ。

とはいえ――。

「あんた、根本的に安心の意味をはき違えてるんじゃないのか？」

大方の事情を理解した小鳥遊からは、すっかり怒気が抜けていた。

その代わり、湧き起こる虚無感が抑えきれないのか、言葉の端々から出てしまう。

「え？」

「実際あんたがどんな事情を抱えて、こんな金のかかる大芝居をしてるのかはわからない。だから、単純に大好きなおばあちゃんのために、晴れ姿を見せたいってことだけで話をするけど――。そんな喜びや安心なんて一瞬で消えるぞ。むしろ、可愛い孫が結婚して舞い上がったところで成田離婚って、どんな仕打ちだ。俺があんたのおばあちゃんなら、天国から地獄だ。余計に心配だ。だったらこの場で全部正直に話してもらうほうが安心ってもんだ」

そもそもの考え方が違う。価値観が違う。

そう言ってしまえば、それきりのことだったが、小鳥遊はあえて思ったことを口にした。

「だって、考えてもみろよ。親戚はともかく、あんたにはこんな茶番を理解して足を運んでくれる友人知人が、少なからずいるんだろう？　付き合いの内容や深さは個々に違うだろうが、それでもこんな茶番を企画段階から相談したり、協力してくれるような、森岡支配人みたいな友人もいる。だったらそれで、いいじゃないか。何も上げて下げるような嘘なんかつかなくても、友人には恵まれてるから安心して、じゃ駄目なのかよ」

人によっては、比べものにならないとわかってはいたが、それでも言わずにはいられなかった。

この場には森岡もいたので、尚更そう感じたのだ。

あんたも友人なら、こんな嘘の片棒を担ぐな！

そもそもこんな嘘をつかせるな！　友人だったら、止めろ！

こんな不幸な結婚式に、なんで大金を払わすんだ⁉

それならおばあちゃんと一緒に、旅行でも行かせたほうが、よっぽど恩返しになるだろう‼

――そう思えてならなかったからだ。

「もちろん。結婚に特別な価値観や安心を抱いている人間は多いだろうし、祖母としては可愛い孫に可愛いお嫁さんが来て、更に可愛いひ孫まで生まれたら万々歳だろう。けど、それが自分を喜ばせるための嘘や無理なら、何もないほうがましだろう。なぜならおばあちゃんが本当に望んでいるのは、あんた自身の幸せであって、自分の喜びじゃない。そうじゃないのかよ」

お茶出しの際に接しただけだが、有栖川の祖母は絵本にでも出てきそうな穏やかで優しそうな老婦人だった。

両親は不在で、他の親族は妙にとげとげしい印象があり、これは名家特有のお家事情でも抱えているのかと感じられたが、それでも祖母だけはとても可愛げのある素敵な女性だった。心から孫の結婚を喜び、祝福しているのが伝わってきただけに、小鳥遊はそれを裏切ってほしくなかった。

有栖川自身からも、祖母への愛情を感じるだけに、双方が不幸になるような偽装結婚などしてほしくなかったのだ。

だが、小鳥遊に答えを求められた有栖川は、重い溜息をつくだけだ。

「言わんとしていることはわかるが、賛同はしかねる」

「なんで」

小鳥遊とは考えが違うことを、迷いなく突きつけてくるだけだった。

「生憎《あいにく》私は、女が嫌いなんだよ」

「は？」

「昔から女という生き物に興味がない。そこを心配されているから、安心させたい。たとえ成田離婚でがっかりさせても、女嫌いは克服したから、また次を期待してくれと言いたいだけのことだったんだ」

「――――」

これ以上はないだろう衝撃的な告白まですると、有栖川は小鳥遊から虚無感さえ奪った。

小鳥遊の頭の中が、綺麗さっぱり、真っ白になる。

「わかったかい。こっちも普通の事情じゃないんだ。恥を忍んで、ここまで説明したんだから、いい加減に納得して。着替えて」

呆然《ぼうぜん》として立ち尽くした小鳥遊に、有栖川はなおも微笑《ほほえ》んだ。

完全に凍りついているだろう牧田や美容師たちをものともせずに、ウエディングドレスを指し示す。

「報酬は弾む。私はケチじゃない。なんなら君の月給分、いや年収分ぐらいは日当で払う」

立ったまま意識をなくしているような状態の小鳥遊に向かって、有栖川は本格的な交渉に入ってきた。具体的な報酬を提示されて、というよりは肩を摑まれそうになって、小鳥遊も失っていた意識が舞い戻る。

「いやだね」

小鳥遊は全力で拒否をした。

「なんだって？」

「それなら尚更、嘘の片棒は担ぎたくない。だいたいそういう理由で代役立てて、万が一にも花嫁が女装の男だってバレたら、取り返しがつかないじゃないか。おばあちゃんだって、次を期待するどころか〝ひどい！　そんなことまでして私を騙すなんて！〟ってことに、なりかねないじゃないかよ！」

口上としてはおばあちゃんを盾にしたが、内心そこはもう、どうでもよかった。

どんなに金を積まれても、こんな危ない男の花嫁役なんか、誰がするもんか！

こっちまで変な誤解をされたら、一生取り返しがつかないじゃないか。冗談じゃない！

これが、今の小鳥遊の本心だ。

「そうよ、諒一！　どうしてそんな嘘を――本当のことを言ってくれなかったの！」

だが、そんな小鳥遊を更に追いつめ、びびらせる声がした。

「お、おばあ様」

「有栖川様」

――しまった!!

そう思ったときには、すべてが遅いのはお約束だ。

二人が揉めていた控え室に飛び込んできたのは、有栖川の祖母――有栖川夫人だ。

「いいのよ、いいの。何も言わないで。お前が選んだ相手なら、私はそれでいいんだもの。ひ孫なんか見られなくてもかまわないわ。お前が真実の愛を貫いてくれさえすれば、私はこの先、安心して逝《い》ける。おじいさんだって、きっと私に〝よくやった〟と褒めてくださるはずよ」

少女のまま年を重ねたような風貌《ふうぼう》の有栖川夫人は、すでに半泣きの状態だった。

留め袖《そで》の懐《ふところ》からレースのハンカチを取り出し、今にも頬に零れ落ちそうな涙を受け止める準備に余念がない。

だが、何か言ってることがおかしい。

「!?」

「？」

小鳥遊と有栖川が、揃って眉間《みけん》に皺《しわ》を寄せた。

いきなり偽装結婚が露見し、焦っていたのもある。

だが、夫人の言葉のどこがおかしいのか、すぐには判断ができなかった。

すると、有栖川夫人がまっすぐに小鳥遊のもとへ寄ってきた。

「それにしても、あの身代わりをしていた娘さんは、あなたの妹さん？　それともそっくりな子を探してきたのかしら？」

ようやく、おかしい部分がはっきりした。

どうしてそうなったのか、有栖川夫人の解釈では、逃げた花嫁のほうが小鳥遊の身代わりということにされている。

「大丈夫よ。籍なら養子縁組もあるし、同性婚が認められている国で永住という手もあるわ。あ、そういえば、渋谷《しぶや》にも新しい条例ができるんだったわね。いつから届けられるのか、ちゃんと調べなきゃ」

「？・？・？」

「そもそも母親に捨てられたこの子が、女性を愛せなくなっても仕方がないわ。誰のせいでもない。でも、誰かを愛し、愛される喜びを知ることのほうが大切だと思うのよ。それこそが私やおじいさんの願いであった、諒一の幸せだもの。ああ、本当によかったわ」

何が大丈夫なのか、よかったのか、小鳥遊にはさっぱりわからなかった。

次第に焦りが困惑へ変わっていく――。

しかも、小鳥遊がひと目で見抜いたとおり、「孫が幸せならそれでいいの」という優しい有栖川夫人が、いきなり小鳥遊の手を取ってきた。

「改めてお願いするわね、小鳥《ことり》……、遊《ゆう》さん。どうかこの子をよろしくね。これからはあなたも私の孫よ。私のことも本当の祖母だと思ってね」

黒服の胸元につけられていた小鳥遊の名札を見ながら、嬉しそうに言い放った。

「え？」

「ね」

「いや、あの……」

「まあ、照れちゃって。遊さんったら、外見や名前が可愛いだけでなく、性格はもっと可愛らしいのね。遊さんみたいな孫が増えて、とっても嬉しいわ」

有栖川夫人が本気で嬉しそうにはしゃぐものだから、小鳥遊が釈明する隙《すき》もない。

だが、このままではまずい！

今が人生最大のピンチだということだけは、小鳥遊にも本能的にわかる。

「いや、ちょっと待ってください。俺はこの人とは何も――!!」

小鳥遊は意を決して、有栖川とは関係ない、そもそも俺にそんな趣味はないと言いかけた。

しかし、その瞬間。有栖川夫人は力強く身を翻した。

「天王寺《てんのうじ》。お前も見ていたわね。この子が諒一の伴侶《はんりょ》よ。私に何かあったときには、金の亡者たちから、この若い夫婦とその財産を何が何でも守ってちょうだい」

名家の女主人らしい、毅然《きぜん》とした態度で、入り口に控えていた老紳士に向かって言い放つ。

「かしこまりました、大奥様。私、天王寺が確かに承りました。どうか、ご安心くださいませ」

ダークスーツをまとった老紳士は、まるで英国貴族に仕える執事のように、胸元に手を当てて会釈をした。

小鳥遊が「俺は無関係だ」と主張する前に、有栖川夫人と天王寺の間では、勝手に若夫婦認定がなされてしまった。

「ああ……。これで安心しておじいさんのところへ逝け――ぅっ」

ある意味、これはこれで気が抜けたのだろう有栖川夫人が、その場でふらりと身を崩す。

「へ⁉」

咄嗟《とっさ》に両手を伸ばした小鳥遊の腕の中で倒れてしまい、こともあろうか意識を失った。

「おばあちゃん！」

――もしかして、息をしていない⁉

その場で横たえ、小鳥遊は有栖川夫人の口元に耳を寄せた。その後は首筋を利き手で探り、胸元にも耳を寄せる。

「おばあ様！」

「大奥様‼」

花嫁に間違えられたことが人生最大のピンチかと思った小鳥遊だったが、それは間違いだったとすぐに気がついた。

あの程度は、まだ序の口だ。

「救急車。誰か、早く救急車！　あと、ＡＥＤを持ってきて！」

「ＡＥＤ⁉　わかった‼」

牧田が即座に事態を把握し、控え室の裏へ走る。

同時に森岡はスマートフォンを取り出し、消防署へ連絡。有栖川夫人の状況を説明しながら、救急車の手配をした。

「おい、待て。ＡＥＤってどういうことだ！」

「わからない奴は下がっとけ！」

動揺する有栖川を振り払い、小鳥遊は黒服のポケットからソフトケースに収められたフェイスシールドを取り出した。

迷うことなくシールドを有栖川夫人の口元にあてがい、人工呼吸を二度ほど行う。

「――だめか」

続けて心臓マッサージを三十回ほど試みるも、手応えがない。

小鳥遊は仕方なく有栖川夫人の帯に手をかける。

「美容師さん、着物の前を開くから、手伝って‼」

一分一秒を争うときに、留め袖は厄介だった。

力尽くではしっかり胸元を開けないことがわかっているだけに、帯から解くしか術《すべ》がない。女性たちの手を借りても、洋服に比べたら何倍もの手間がかかる。

「小鳥遊、持ってきたぞ」

小鳥遊が有栖川夫人の着物の前を寛げる間に、牧田が各階の数ヶ所に設置してあるAED――自動体外式除細動器を手にして戻ってきた。

「セットしたら、すぐにいきます」

「了解」

この場でできる緊急処置は、もはやこれしか残っていない。

小鳥遊は、前を開いた有栖川夫人の胸部二ヶ所にAEDをセットし、祈るような気持ちで電気ショックを与えた。

心肺停止を起こしていた有栖川夫人の蘇生を試みた。

2

突然倒れた有栖川夫人は、駆けつけた救急隊員たちの手により、式場近くの大学病院へ搬送された。

応急処置が早く、また適切だったことが幸いし、一命は取り留めることができた。一時的な心肺停止による後遺症の心配もなく、まずは関係者一同胸を撫で下ろした。

ただ、心筋梗塞《しんきんこうそく》を起こしていたことから、有栖川夫人はそのまま緊急手術を受けることになった。

当然、結婚式と披露宴は中止だ。

こうなると、偽の花嫁が逃げたことさえ、どうでもいい話だ。

新郎新婦が姿を消しても不思議のない事態になったのだから、大広間に準備された披露宴会場も、急遽《きゅうきょ》来賓への状況説明と謝罪の場となった。

そして、その説明と謝罪役は新婦の両親が引き受けることになった。事が事だけに、新郎の親族全員が病院へ向かってしまったので、この場は残された新婦親族で対応するのが来賓への礼儀であり、また義務となってしまったからだ。

ただ、ここで問題なのが、新婦の両親から親族全員がエキストラという事実だ。

その上、来賓のほとんどもエキストラで、有栖川が仕組んだ偽装結婚を知るものは、支配人である森岡を含めて場内には一握りしかいない。この場に残った九十八%がエキストラと言っても過言ではない状況だ。

おかげで残された牧田たちは、胃をよじらせた。

これからいったいどうなるんだと、心配と不安しか起こらない。

だが、いざ始まってみれば、エキストラはエキストラでこの道のプロたちだった。

新婦両親は森岡から説明された経緯を情感たっぷりに来賓たちに説明し、またそれを聞いた来賓たちも、自分に与えられた役柄にそって、事態を受け止めて反応してみせた。

この場の誰がエキストラで、誰が本物の招待客なのか、お互いにわかっていない。

そのためにエキストラたちは、全力でアドリブ演技に没頭した。常に周囲の者たちと無難な会話を進めて、それらしく食事会を進行する。そうして無事に終了までこぎ着けたのだ。

これには事情を知る森岡や牧田のほうが、そのなりきりぶりに圧倒された。

その食事会のあとも、別の結婚披露宴が何組もあったので、まずは仕事を優先した。

だが、一日分の宴が一通り終わり、片づけになると、急に笑いがこみ上げた。森岡も牧田もそれを抑えるのが大変だった。

もちろん、すべては有栖川夫人が無事だった、手術も無事に終わったと聞いたからこその安心、その上での笑いではあったが――。

一方、一段落しても笑うに笑えない状況に置かれていたのが、小鳥遊だった。

彼は、行きがかりかつ勢いとはいえ、救急処置時の詳しい説明をしているうちに、有栖川共々救急車に乗ってしまった。

病院へ到着後も、肩を落とす有栖川を励まし、支えるうちに距離を取るタイミングを逃してしまい、医師から家族共々有栖川夫人の現状説明まで聞いてしまった。

その後も、不安が隠せずにいる有栖川と待合室で手術が終わるのを待つことになり、無事に成功したと聞けば誰よりも感情を露わにして喜んだ。

ここまでなら、まだよかった。人として、また式場関係者として、精一杯頑張ったで評価されるだろう。

しかし、いざ有栖川夫人のことは病院に任せて一時帰宅することになったところで、小鳥遊は帰りそびれて有栖川の家まで連れてこられてしまった。

今度は安堵《あんど》からか、気の抜けた有栖川だけなら逃れられたかもしれないが、職務に燃える天王寺にその場を仕切られ、振り切ることができなかったからだ。

「――うわっ。デカい家。これってもう家じゃなくて、屋敷だろう」

そうしてすっかり日も落ちた頃。小鳥遊が目にしたのは、田園調布《でんえんちょうふ》の一角に建つチューダー様式の洋館だった。

このあたりは、最低四十五坪以上の土地がないと家が建てられないように制限されている高級住宅街なだけに、目につく家のすべてが大きい。

だが、その中でも饅頭御殿の異名を誇る有栖川邸は別格だ。

自動で開く正門はベンツが楽に通り抜け、そのまま進むと車一台が余裕で止められるキャノピー《屋根》つきの玄関へ到着する。

外壁全体にはスクラッチタイルが張られており、どこを見ても細やかな装飾が施されていて、美しかった。

昔、教科書で見た「迎賓館《げいひんかん》」や「旧なんとか邸」のような風格を持った洋館だ。当然、庭の手入れも十分行き届いており、日中見たらどれほどの感動を与えてくれるのだろうかと想像するだけで心が躍る。

日頃からホテルやレストランで贅《ぜい》を尽くした建物は見慣れた小鳥遊でも、これが一個人の住居なのかと思えば、見方もすっかり変わっていた。

「うーん。ファンタスティック」

こんな感想が、自然と出た。

そして、現実感がないままいざ中へ入るが、ファンタスティックな有栖川邸は、小鳥遊の期待を何一つ裏切ることがなかった。

「お帰りなさいませ、諒一坊ちゃま。大奥様のことはお聞きしております。皆、心よりご無事と回復を祈っていたところです」

「ありがとう、喜代《きよ》さん。しばらくバタバタしそうだが、よろしく頼むね」

「承知いたしました」

自宅の玄関ホールと呼ぶには広すぎる入り口正面には、緋色の絨毯《じゅうたん》が敷かれた階段が緩いカーブを描いて、二階の廊下へと続いていた。

一般家庭なら三階分はありそうな、でもここでは二階分の吹き抜けの天井からは、ホテルの宴会場と見まごうばかりのシャンデリアがいくつもぶら下がっている。上質なクリスタル仕様で高価なものだとひと目でわかるそれは、手入れも行き届いており眩いばかりだ。

しかも、調度品はそのほとんどが猫脚がついたようなアンティークで、取り扱い注意の文字が小鳥遊の脳裏をよぎった。

真っ先に出迎えてくれた家政婦・喜代にしても、夫婦で仕えている天王寺同様、何かドラマチックなものを感じさせる。年の頃は還暦を過ぎていそうだが、漆黒のメイド服に真っ白なエプロンをつけて、堂々とした風格だ。背筋もシャンとしており、一見厳しそうな印象だが、言葉の端々からは優しさと労《いたわ》りを覚える。

三十近いはずの成人男性に対して、戸惑うこともなく発した「坊ちゃま」呼びも鮮烈だ。こんなのドラマか映画でしか聞いたことがない——と、小鳥遊は感心してしまった。

実際聞くと、天王寺が発した「大奥様」や「諒一様」とは比べものにならない破壊力だ。

だが、それでも有栖川自身が放つ、ファンタスティックさには敵《かな》わないと、小鳥遊は思った。

これほど異空間にしか見えない場所でも、ひときわ目立っているのが有栖川本人だったからだ。

いまだに着用したままのフロックコートの効果もあるだろうが、それにしたって中身が伴っていなければ違和感しかないだろうし、浮くだろう。

こんなファンタスティックな屋敷と見事に調和が取れているところが、むしろ非現実的だ。

華族ドラマの撮影現場に一般視聴者が紛れ込んでしまったと考えれば、しっくりくるのだろうか？

小鳥遊は、本気でそんなことを考えてしまう。

——あ、階段脇にお月見だんこのオブジェ発見！

ちょっと現実に戻ってきた。

洋館に対照的すぎる置物のおかげで、安心と愛着が湧き起こった。

「ところで、喜代さん。あの子たちは？　ドライバーに頼んで、先に連れて帰らせたんだが」

「すぐにシャンプーをして、獣医に診《み》せましたよ。健康診断をすませましたが、どの子も元気で異常なしだそうです。予防注射は、少し様子を見てから受けることになっていますので、予約も取っておきました」

「それはよかった。ありがとう」

いきなり、何の話だろうか？

首を傾げる小鳥遊をよそに、有栖川が微笑を浮かべた。見間違いかと思うような優しい顔に、内心驚く。

「あんあん」

「みゃ～っ」

その理由は、すぐわかった。

玄関ホールからリビングルームへ案内されると、小鳥遊にも見覚えのある子犬と子猫がいた。合わせて四匹――今朝方静汕荘で保護された子たちだ。

火は入っていないが、レンガ造りの暖炉の前に敷かれたシベリアタイガーの毛皮の上で、仲良くじゃれ合って遊んでいる。まるで絵本の中の一ページを見るようだ。

「その子たちを引き取ったのって、あんただったのか」

「え？」

「いや……、なんでもない」

子犬と子猫は有栖川の姿を見ると、まっすぐに彼のもとへ向かってきた。

有栖川もその場で片膝《かたひざ》を落として、足元まで来た四匹の頭や身体を順番に撫でていく。

彼の目が、いっそう優しいものになる。

――なんだ。思ったよりいい奴じゃん。

自然とそんな気になった。

小鳥遊からすれば、初対面で大喧嘩を売られた無礼者だったが、四匹にとっては救世主だ。有栖川夫人のことがあったのだから、彼が四匹のことを忘れてしまったとしても、責める者はいなかっただろう。

だが、有栖川はちゃんと四匹のことを覚えていた。

そして、いつの間に手配をしたのか、こうして手元に引き取っている。

「なぁ。俺も触っていい？」

小鳥遊は、思い切って聞いてみた。

「好きなら、どうぞ」

「ありがとう」

有栖川は特に嫌がる様子もなく、小鳥遊にその場を譲ってくれた。

小鳥遊がしゃがむと、入れ違うように立ち上がる。

「みゃ〜ぁ」

「あん」

小鳥遊が手を出すと、子犬と子猫がいっせいにじゃれついてきた。

喜んで甘噛みしたり、軽く掻いたりするが、小鳥遊はそれらを軽く受け流す。

「お前ら、よかったな。いい人のところに連れてきてもらって」

「く～ん」

四匹はすぐに寝転び、小鳥遊にお腹を撫でさせた。小さな前足や後ろ足をピンと伸ばし、全身を駆使して「気持ちいい」と「もっと撫でてぇ」をアピールしてくる。

「可愛いな」

順番に撫でていると、小鳥遊の頭に、ふと牧田のことがよぎった。

――牧田課長、四匹がここへ来たことは知ってるかな？

そもそも有栖川は新郎だ。この件は最初からドライバーに任せていたようだし、もしかしたら知らないでいるかもしれない。

――写真を撮らせてもらって、メールしようかな。

牧田のことだ。仕事が落ち着けば、必ず四匹のことを思い出す。特に今日のような日は、身も心も疲れているだろうし、相当癒やしになるはずだ。

「なぁ。この子たちさ――」

小鳥遊が許可を取ろうとして、振り向いた。

すると、今笑っていたはずの有栖川が、いきなり無表情になっている。

驚くほど冷ややかな眼差しに、小鳥遊は息を呑む。彼の視線の先を追うと、部屋の出入り口には礼服から私服に着替えたであろう、男女二人が立っていた。

「あら、いやだ。また拾ってきたの？　いったいここをどこだと思っているのかしら。動物園にでもするつもり?」

「動物園ならまだいいさ。見世物になれるだけ価値がある」

「そうね。こんな一文の得にもならない金食い虫ばっかり拾ってきて。動物愛護だかなんだか知らないけど、慈善家を気取るのも大概にしてよね。この家はお前だけのものじゃないのよ。勝手に獣小屋にされたらたまったもんじゃないわ」

姿を見せたと同時に、シナリオかと思うような嫌みを炸裂させた。

小鳥遊の記憶に間違いがなければ、女性のほうは有栖川の伯母で嗣子《つぐこ》。男性のほうは伯父の肇《はじめ》。実は、お茶出しの際に小鳥遊が一番マークしていたのがこの二人だ。

新郎親族の中でも、かなり口うるさくて目立っていた。なんとなく新郎を目の敵にしている風にも感じていたが、どうやら気のせいではなかったらしい。

本人を前にしたら、敵意むき出しだ。

「それはどうでしょうか」

何を返すでもない有栖川を庇《かば》うように、あとから部屋に入ってきた天王寺が答えた。

「どういう意味なの、天王寺」

「大奥様名義の財産は、諒一様とその伴侶となられた遊様ご夫婦に、すべて譲られることに決まりました。お二人には大変お気の毒ですが、当家の財産分与は大旦那《おおだんな》様のご遺産分けにて終了でございます」

「なんですって⁉」

「どういうことだ、天王寺」

これには小鳥遊も嫌みな二人と一緒に、声を上げそうになった。

どうしてここで自分が絡んでいるのかが、わからない。

しかし、天王寺は顔色一つ変えずに話を続ける。

「すべて大奥様のご希望です。大旦那様が亡くなられた際、それはそれは醜い相続争いを目にされて、もう同じことの繰り返しは嫌だと。それがご自分の死後に起こり、また諒一様が辛《つら》い目に遭うのも嫌だとおっしゃって、すでに生前贈与のお手続きをされているところでした。加えて申し上げるならば、手続きの途中に何事かが起こった場合、また重篤な状態か最悪死亡された際の指示書や遺言状もお作りになっており、そのすべてをこの天王寺が預かり、実行するよう申しつかっております」

「そんな、勝手なこと。許せるはずがないでしょう！」

「そうだ‼　此《こ》の期《ご》に及んで——弁護士を呼べ！　弁護士を‼」

当然、嗣子と肇は反論した。

それはそうだろう。小鳥遊でさえ疑問しか浮かばないような内容だった。

孫の有栖川はともかくとして、どうしてこんな大事な話に、赤の他人の自分が巻き込まれているのか意味不明だ。

多少なりにもわかるとしたら、もしかしたら、ここから名家の泥沼の戦いが始まるのか⁉

場合によっては、財産争いの渦中に巻き込まれるのか⁉

本格的に昼ドラ参戦か⁉　という、おかしな展開が想像できる。ということぐらいだ。

それなのに――。

「お忘れですか？　私、これでも司法書士および弁護士資格を持って当家にお仕えしております」

倒れる直前に有栖川夫人から今後を任された天王寺は、胸を張って言いきった。

仮に彼の前職が弁護士だったとするなら、今ほど年間合格者がいない時期の希少弁護士だろう。事務所を構えていれば、ボスの立場だ。会話の切れ味が違うのも頷《うなず》ける。

ただ、有栖川といういい年齢の孫がいるような有栖川夫人であれば、法的に権利を主張できる血族や姻族はかなり多いはずだ。

ここで怒鳴っているのは有栖川夫人の長男と長女だけだが、小鳥遊がお茶出しをした席には、彼らの子供たちやその家族もいた。すでに有栖川夫人には、ひ孫までいるということだ。

どれほど本人が「財産は孫の有栖川だけに譲りたい」と主張しても、法的には難しい。この様子では権利の放棄などしないだろうし、すぐにでも裁判を起こしそうな勢いだ。

小鳥遊は、これだけでも見ていてハラハラした。

しかし、当事者である有栖川はいまだ無表情。完全にそっぽを向いている。

「グルだ！　お前もグルなんだろう!!　あの女や諒一とグルになって――。この家も財産もすべて奪う気だろう！」

「そうよ。長年夫婦揃って雇ってもらっている恩も忘れて、あんたも相当な悪人ね。天王寺」

「お言葉を返すようですが。生憎、私をお雇いになられたのは大旦那様と大奥様。生涯お尽くし申し上げますと、私自身が忠誠をお誓いしたのも大旦那様と大奥様のお二人きりでございます。仮にその孫の諒一様であっても、私が大奥様から直々に託された願いは撤回できません。ましてやグルになってなど――ありえません。侮辱です」

どうやらこの件に関しては、有栖川本人も蚊帳の外らしい。

有栖川夫人の希望を、天王寺が叶えるために動く。そこには有栖川の希望や意見さえ、受け入れられる隙がないようだ。これはこれで、どうかという話だ。

「諒一！　だからといって、まさかお前。本当に一人で財産を受け取る気じゃないだろうな！　内孫はお前だけじゃないんだぞ」

「そうよ。天王寺が法的にこんな無礼を強行するというなら、あんたが生前贈与なり、遺産の放棄をすればすむことよ！　そもそもお父さまが亡くなったときに、有栖川家の財産なんて自分には関係がないって言ったじゃない！」

とうとう嗣子と肇が、矛先を変えた。というよりは、有栖川に戻した。

有栖川はますます「どうでもいい」という態度で、足元に寄ってきたキジトラの子猫を抱き上げる。完全に無視を決め込んだため、嗣子と肇の相手は結局天王寺となる。

「それで諒一様が、そのとき、有栖川家とのご関係を断ち切っていたら、今頃この屋敷も有栖川総本店もなかったでしょうが――」

「なんですって！」

「お忘れになったとは、言わせません。大旦那様が亡くなられた当時、当家も店も不況の折から金銭苦。大旦那様は常に最善を尽くされてきましたが、実際は家計も会計も火の車でした。それこそ先行きがわからない状態で――。それにもかかわらず、大奥様は肇様と嗣子様に正当な財産を分けられた。それぞれ現金で渡された。この屋敷や店の権利を抵当に入れてつくったお金ですから、大奥様はいずれすべてを投げ出す覚悟だったのでしょう」

天王寺は、その後も肇と嗣子に話をし続けた。

「では、なぜこの屋敷や店がこうして残っているのか。簡単なことです。現金をもらったお二方が、その後は逃げるようにして放棄された危うい店を、諒一様が苦労して立て直された。新たな事業も興《おこ》して、大奥様が銀行にした借金のすべてを返してくださったからです。今では当時の何倍にも企業拡大してくださって――。本来でしたら負債でしかなかったものを、立派な財産に変えてくださったのは、諒一様です。それをどこの誰よりわかっているから、大奥様はご自分名義の財産すべてを諒一様ご夫妻にお譲りする。いいえ、お返しすることを決められたのです」

天王寺の熱弁が更にヒートアップしてきた。

小鳥遊は、自分までこんな話を聞き続けていいのだろうか？　と恐縮するも、この場を離れるタイミングが掴めないでいた。

自分一人ならそろりと抜け出すか、着用したままの黒服を生かして「お茶でも入れてまいります」と、笑って部屋を出るところだ。

しかし、嗣子たちが現れたときには、懐いていた子犬と子猫もヒートアップ。産毛まみれのお腹を出して、「もっと触って」「もっと撫でて」「もっとかまって」と、小鳥遊相手にじゃれまくっていた。これを振り切って立ち去るには、勇気がいった。

四匹では、全部を抱えて退室するのも無理がある。それならば、有栖川のほうへ押しやろうと試みるも、成功したのはキジトラのみ。他はかえって背中や尾尻《しっぽ》を押されて喜び、興奮してしまうだけだった。

そうして今も三匹が、小さい身体をよじりながら、全力でかまって攻撃をしてくる。

まだまだ肉球も尻尾も触りたい放題だ。

——ああ、無理！　離れられない!!

結局小鳥遊は更に三匹をかまってしまい、この状況から抜けられなくなった。

もう、他人の話はどうでもいいか——と、開き直るしかない。

「ですから、お二人《こ》には相続は諦《あきら》めていただきます。今ある当家の財産に関しましては、すべて諒一様が身を粉にして築かれたものです。それ以外の方は、何一つ貢献されておりませんので」

天王寺が力強く有栖川の財産権を主張しても、小鳥遊は三匹の全身をもふもふ。

「ふざけるな！　何が貢献だ。諒一が事業拡大に成功したのは確かかもしれないが、それはもとからあるものを利用しただけだろう。有栖川家の名前と屋敷、本店の味と歴史という強固な土台があったからこその成功だ」

肇が怒鳴っても、ひたすら肉球をふにふに。

「そうよ！　諒一は目の前にあったものを、ただ利用しただけ。先祖が築いたものにあやかって、たまたま成功しただけで、すべてを一人で成し遂げたみたいに言わないでよ。だいたい、諒一夫婦って言い方なんなのよ。結婚式は中止になったし、籍もまだ入れてないんでしょう」

嗣子がまた何か言い出したが、三匹の歓喜と興奮もピークに達していた。

小鳥遊は三匹を相手に、ずいずいずっころばし状態で、もう止めらない。

「そうだ。しかも、こんな大事なときにいないなんて、薄情な。何が伴侶だ。諒一も女を見る目がないな。財産目当てで、騙されたんじゃないのか」

「何をおっしゃるんですか。遊様でしたら、ずっと諒一様のお傍《そば》にいらっしゃいます。しかも、大奥様の命の恩人。とても素晴らしい方です」

――と、いきなり小鳥遊は肩を摑まれた。

「は？」

摑んできたのは天王寺だった。

彼はそれだけでなく、小鳥遊をその場で立たせた。嗣子と肇に対して胸を張り、改めて小鳥遊のことを有栖川諒一の伴侶として紹介したのだ。

「何を言ってるんだ。こいつはホテルから付き添ってきただけの従業員だろう。まあ、見ようによっては女に見えなくもないが」

肇が馬鹿にしたように笑った。

「どこから見ても男ですよ」

笑われた小鳥遊のほうは、たまったものではない。すっかり忘れていたが、まだ許したわけではない有栖川の無礼と怒りがよみがえる。

「――だ、そうだが。天王寺」

「はい。遊様は確かに男性ですが、諒一様のご伴侶です。諒一様と愛し愛され、そしてそのことを大奥様が心からお喜びになって祝福された。本日より当家の奥様になられた方です」

しかし、小鳥遊の怒りなど知るよしもない天王寺は、どこ吹く風だった。自信たっぷりに笑みまで浮かべて小鳥遊のことを、「当家の奥様になられた方」と言いきってくれた。

子犬や子猫で現実逃避をするうちに、小鳥遊の妻の座は不動のものになっている。

「ちょっ！」

「馬鹿を言うな！　何が祝福だ！　男同士で結婚なんて、気持ちの悪い。それこそ有栖川家の名前に泥を塗る気か！　こんなこと、店の者たちだって許すわけがないだろう‼」

「そうよ！　あんたたち、いったい何を考えてるの！」

小鳥遊は弁解の余地さえ与えてもらえず、有栖川や天王寺共々、肇と嗣子に猛攻撃を食らった。

「だいたい、そこのあんた！　いったいいくらもらって、こんな馬鹿げた茶番劇に付き合ってるの⁉　百万？　二百万？　それとも、もっと⁉　この有栖川家の全財産を手に入れるためだものね。諒一は三百万ぐらい払ったのかしら？　陰でやりとりしたお金は手間賃としてあげるから、本当のことを言って、とっととこの場から去りなさい」

有栖川や天王寺では話にならないと思ったのか、もしくは小鳥遊が一番弱者に見えたのだろう。嗣子が小鳥遊のみを責めてきた。

だが、これが小鳥遊にとっては、本日二度目の爆発に繋がった。

「そして次はもっと、いい男を見つけることね。はした金で茶番に付き合うよりも、セレブ狙いで男娼でもしたほうが、よっぽど稼げるわよ。あなた、ルックスは悪くないもの。親に感謝しなくちゃね」

あまりの言いぐさに、無視を決め込んでいた有栖川の目つきが変わった。

「嗣子伯母さん。いい加減に――」

「ふざけるな！　こっちはびた一文もらってねぇよ！」

有栖川が嗣子に詰め寄ろうとした瞬間、小鳥遊は小鳥遊で声を荒らげた。

「ひっ‼」

「っ‼」

「え？」

見た目に比例しない罵声《ばせい》に驚き、有栖川以外の三人、そして四匹がピキッと固まった。

それを見ながら、小鳥遊は仁王立ちだ。

「さっきから聞いてれば、いい気になりやがって。自分たちを棚に上げて、人を守銭奴か詐欺師みたいに言うってどうなんだよ。しかも、男娼って――。失礼にもほどがあるだろう‼」

小鳥遊の怒りは、言葉のままだった。

有栖川がうかつに発した「女顔」等々も許せない暴言だったが、それでも「男娼」に比べたらまだましだ。

この言葉は、何をどう言い訳したところで、「褒めたつもり」や「悪意はなかった」は通らない。

侮辱以外の何物でもない。

しかも、自分だけならまだしも、親まで引っ張り出されたら容赦する必要もない。

「だいたい、あんたたちが何をどう思ったところで、こいつは俺を選んだんだよ！　おばあちゃんがそれを認めて、俺にも〝これからはあなたも私の孫よ、私のことも祖母だと思ってね〟って言って笑ったんだよ。ついでに言うなら、〝私に何かあったときには、金の亡者たちから財産を守ってね〟とも言ってたな～。ってことで、いくらあるのか知らないこいつの財産は、俺と天王寺さんでしっかり守っていくよ！　増やすことはしても、決して減らすことはしないから、どーぞ安心してお帰りください」

あまりの激怒からか、小鳥遊は我を忘れて嫌みの限りを発した。

言うだけでは足りず、二人をこの場から追い出しにかかった。

「ちょっと」

「おいっ！」

まるで、宴会準備で丸卓を転がすがごとく、若干ふくよかな二人の背中を押していく。

ほいほい、ほいほいと、それは見事なぐらいで、有栖川と天王寺も唖然としていた。

つい二人が、見入ってしまったほどだ。

「あ、そうだ。俺、親切だから忠告しちゃいますけど、人のことより、まずは自分の身を案じたほうがいいと思いますよ。もしかしたら、勝手に多額な生命保険をかけられてるかもしれないし。だって、ほら。子は親の背中を見て育つって言うでしょう。きっと立派な金の亡者に育ってると思うんですよね。伯父さんと伯母さん家《ち》って！」

そうして二人を出入り口から追い出すと、小鳥遊は最後の最後に大暴言を吐き捨てた。

「じゃ！　本日は朝からお疲れ様でした。さようなら!!」

嗣子たちを見送った小鳥遊の顔には、本日一番の笑顔が輝きを放っていた。

＊＊＊

「もっと遊んで」をアピールし続ける四匹の真ん中で、小鳥遊が土下座に及んだのは、嗣子と肇を追い出した一分後のことだった。

「大変失礼いたしました。頭に血が上ったとはいえ、お身内の方に対して、大暴言を吐きました。反省してます。どうかお許しください。すみませんでした」

いくら先に仕かけてきたのが嗣子と肇であったとしても、人として口にしていいことと、悪いことがあることぐらいは、小鳥遊も承知している。

生命保険話は渾身《こんしん》の嫌がらせだったが、この場にはいない子供たち――有栖川のいとこたちまで悪く言ったことには、特に反省していた。

お茶出しのときの印象は、あの親にしてこの子ありだなと思ったが、実際のところはわからない。年も近いし、もしかしたらいとこ同士は仲がいいかもしれないので、小鳥遊は誠心誠意謝罪したのだ。

「遊様。そんな、頭を上げてください」

天王寺が慌てて小鳥遊の肩を摑み、先ほど同様立ち上がらせる。

だが、謝罪をされた本人である有栖川は笑っていた。

「くくく」

口元を手で覆い、肩をぶるぶる震わせ、小鳥遊には後ろ姿だけを見せていた。ここで大笑いするのは我慢していたようだが、それでも笑っていることに違いはない。

だったらいっそ、正面を向いて、本気で笑ってくれたほうがまだましだ！　と、小鳥遊の怒りが三度《みたび》湧き起こる。

「あのな！　いつまでも笑ってんじゃねぇよ！　社交辞令でもいいから〝気にしなくていいよ。こっちが悪かったんだから。ごめんね〟ぐらい言えってんだ!!　だいたい誰のために、こんなことになってると思ってるんだよ。そもそもあんたが俺を巻き込むから、見ず知らずのおじん、おばんに、男同士で気持ち悪いだの男娼呼ばわりされる羽目になったんだぞ。茶番だの財産狙いだの、挙げ句に親のことまで引っ張り出されて、冗談じゃないっ!!」

それはそうだろうという話だった。

誰が聞いても、今日のことに関しては、小鳥遊に同情できるはずだ。

そう感じていないのは有栖川ぐらいで、傍で見ていた天王寺でさえ、謝罪する前に笑った有栖川を見て、ハラハラしていた。

「諒一様」

小声で有栖川に謝罪を促した。

すると、震える肩を落ち着かせた有栖川が身を返す。

「――けど、立派に言い返していたじゃないか。あの伯父と伯母が本気で青ざめた顔をするなんて、初めて見たよ。よほど痛いところを突かれたんだろうが、今夜から枕を高くしては眠れないだろうな。まあ、それも自業自得だけど」

しかし、彼の笑いは完全には止まっていなかった。実に愉快だったと言い含まれて、小鳥遊の怒りは増す一方だ。

「何が自業自得だよ。こっちは言っても言われても気分が悪くてしょうがないっていうのに」

「だったら、あそこで帰ればよかったじゃないか。これ幸いと」

「なんだと⁉」

「祖母が病院に運ばれたときでも、そのあとでも、君には帰れるタイミングは何度かあったはずだ。でも、君は私の傍に残った。そして伯父や伯母に自ら宣言してくれた。自分が私に選ばれ、そして祖母にも認められた、この有栖川家の花嫁だって」

しかも、小鳥遊がこの事態に陥っているのは自己責任。有栖川から頼まれた代役を引き受けた結果だろうと軽く言われて、一層頭に血が上る。

小鳥遊は感情のまま前へ出た。

「誰がそんなこと言ったよ！　俺はたまたま逃げた花嫁の身代わりとして、あんたに運悪く選ばれた。おばあちゃんにも勝手に誤解されて運悪く認められた。ついでにあんたの財産を守ってくれって頼まれたから、それはこの執事さんと一緒に請け負ってやるよって。不都合な部分を自主規制して話してやっただけで、それ以上のことは何一つ言ってないだろう」

「それ以上のことって？」

有栖川は、笑ってこそいるが常に冷静だ。

感情の起伏が乏しいのかと思うほど、何を言ってもやっても淡々と言葉を返してくる。

「あんたが他人の揚げ足を取るのはわかってるから、二度と言わない」

「意外と学習能力が高いんだな。だが、一つ間違っている。祖母は私たち若い夫婦に財産を託す。それを天王寺に守ってくれと言ったんだ。そうだろう、天王寺」

「は、はい」

「ということは、だ。無事に相続手続きがすむまでは、君には嫌でも花嫁でいてもらわなければ、私が困る。手続きが終了したあとなら、好きにしてくれてかまわない。もともと成田離婚の予定だったしね」

そうして話の間に天王寺をも丸め込んで、有栖川は自分の思いどおりに話を進める。

甘いマスクに極上な笑顔は、こうなると結婚詐欺師の仮面にも匹敵すると小鳥遊は思う。

金品こそ奪われないが、こいつが企《たくら》んだ偽装結婚は立派な詐欺だ！

聖なる結婚を悪用し、周囲を騙し、最終的に財産独り占めとか、結局そうだろう！　と。

小鳥遊自身が、有栖川夫人の意向を直接聞いていなければ、すぐにでもこの場を立ち去りたいぐらいだ。

だが、それができないから、小鳥遊のイライラが増す。

「そういうところに血統を感じるよ。あんたもあいつらと同類だ。結局、金の亡者だな」

「そう言われたら、違うとも言いきれない。いっそ赤の他人だったらよかったのに。こんな屋敷も家業も財産も面倒なだけだ。私にとっては、足枷《あしかせ》に過ぎない」

「!!」

せめて一太刀ぐらいと嫌みをかますも、まったく通じない。

それどころか有栖川は、ここぞとばかりに本心を吐露してきた。

天王寺の表情が一瞬で強《こわ》ばる。

——これは、かなり根が深い。想像以上に金と愛憎が入り交じった、リアル昼ドラだ。

小鳥遊は思わず固唾《かたず》を呑む。

「いずれにしても、こちらの事情は理解してもらえたようだし、一番面倒な伯父と伯母への紹介もすんだ。君には申し訳ないが、しばらく私の伴侶、有栖川諒一の花嫁としてふるまってもらう。もちろん、約束どおり金は出す。期間はまだ未定だが、最低でも君の年収分プラスαは保証する。希望はあるかい？　一千万も上乗せすれば、文句はないだろう」

有栖川は唖然としている天王寺を無視して、偽装結婚の話を具体化してきた。

ここまで話が進めば天王寺も、有栖川夫人が二人の関係を勘違いした、あのとき話を誤解したまま相続の指示を出したことがわかるだろう。

しかも、天王寺は天王寺で、有栖川夫人に言われるまま若夫婦を対象にして、相続の手続きを開始したと、肇と嗣子に言ってしまった。

これを今日の今日で撤回するのはいくらなんでもという話だ。

それが証拠に、何かに縋《すが》るような目をして小鳥遊を見てきた。

今だけでもいいから、夫婦のふりをしてください！

時間さえもらえれば、あとは私が責任を持ってどうにかするので、お願いします‼

――と、切々と目で訴えてきたのだ。

小鳥遊は「はぁ」と溜息をつく。

「だから俺は、あんたからはびた一文もらわないって言っただろう」

「あれだけ息巻いておきながら、断るつもり？」

「そんな金なんかもらわなくても、自分で言ったことの責任は取る。無料奉仕でいいってことだよ」

「え？」

「行きがかりとはいえ、あんたのおばあちゃんには変な勘違いをさせた。あの場で誤解を解けなかった責任の半分は俺にもある。もしかしたら、ああは言ったけど、嫁が男と知ってショックで倒れたのかもしれないし。とにかく、あんたが落ち着くまで茶番でもなんでも付き合うってことだ」

思い悩んだ末に出した小鳥遊の答えが、意外だったのだろう。有栖川が怪訝《けげん》そうな顔をした。

開き直ったようにしか見えない小鳥遊に、戸惑いさえ覚えているようだ。

「孫が幸せならそれでいい。同性婚でもかまわないってニコニコ笑っていたおばあちゃんに、これ以上悲しい思いはさせられない。できれば元気になって退院してもらって、きちんと誤解を解きたい。結果的に騙してしまったことを謝りたいからさ」

これが詐欺の片棒を担ぐことになるのかどうか、小鳥遊には難しすぎてわからなかった。

同じ偽装結婚、その場しのぎの花嫁役だとしても、財産分与がどうこうと絡んできたあたりで、最初のおばあちゃん孝行の域は軽く超えている。それはわかっている。

バレたらただではすまない気がするのも、朝の何十倍。いや、何百倍へと膨らんでいた。

ただ、それでも小鳥遊が引き受けたのは、発した言葉どおりだ。このまま知らぬ存ぜぬで逃げることは可能だが、それができなかったからだ。

「――そう。君のそういう責任感や正義感は実に立派だね」

小鳥遊の真意を知った有栖川は、かなりホッとしたようだった。

「けど、世の中タダほど怖いものはない。ましてや嘘でも一時的に花嫁になってもらう。内縁の妻になってもらうんだから、必要最低限の契約はしないと私が安心できないんだ。君に対する謝礼額の件以上に、そもそもこれが偽装結婚だと証明できる書類を作っておかなければ、君に特別な権利が発生しかねないだろう」

しかし、小鳥遊の思いを聞いてなお、彼の考えは一貫していた。

まったく悪気なく返された言葉の数々に、小鳥遊はこれ以上ない衝撃を受ける。

「は⁉　俺まで疑ってるのかよ」

驚きの感情しか起こらなかった。

「目の前に金がぶら下がると、人は変わるから」

人の善意をなんだと思ってるんだ！　という憤りさえ、湧いてこなかった。

それほど有栖川がさらっと発した一言に、小鳥遊自身が撃沈させられてしまったからだ。

「あんた。相当、寂しい人生を送ってきたんだな」

考えるまでもなく、真顔で言ってしまった。

「ああいう親戚の中で育ったら、自然に身につく感性だろう」

「ごもっともで」

特に嫌な顔もせず「当然だろう」と返されてしまい、小鳥遊は同意するしかなくなった。

もちろん、今朝知り合ったばかりの人間を、頭から信じろというほうが無理なのかもしれない。偽だろうがなんだろうが、いっときの間はパートナーの肩書で過ごすのだから、有栖川の警戒はむしろ当然だ。ここは小鳥遊が簡単に考えすぎたのかもしれない。

ただ、理屈は理解できたが、感情が追いついていかなかった。

小鳥遊の驚きは、急速に寂しさへと変わっていく。他人からここまではっきり「信用ができない」と言われたのは、生まれて初めてだったのだ。

「――ということだ、天王寺。彼との労働契約書を作成してくれ。彼にはしばらく私の傍にいてもらうことになる。少なくとも、おばあ様の病状も見ていかないといけないし、財産贈与や不動産の名義変更などいろいろある。今しばらく力を貸してくれ」

「諒一様」

小鳥遊とは理由も事情も違うだろうが、天王寺もこのなりゆきには、どこか寂しそうな目をしていた。

「頼んだよ」

「かしこまりました」

それでも天王寺は忠実だ。有栖川から頼まれれば、それが最終的に有栖川夫人の意向に沿っていれば、最善を尽くす姿勢だ。

「それでは、遊様」

「俺の名前は小鳥遊智之。小鳥遊《ことりゆう》じゃない」

天王寺と目を合わせると、小鳥遊は改めて自己紹介をした。

するとそれを耳にした有栖川が、ハッとする。

「たかなし？　ああ……。小鳥が遊ぶ空には、危険な鷹《たか》の姿はなしっていう意味のほうか。そういえば森岡もそう呼んでいたっけ。おばあ様が名札を読み違えたのか」

「そういうことだ」

「そう。けど、それならそれで都合がいいじゃないか。〝小鳥遊《ことりゆう》〟は高額アルバイトの役名だとでも思っておけば――。これからは私も遊と呼ぶから、そのつもりで返事をして」

「はいはい」

名字としては珍しい字面、読み方に入るほうなので、小鳥遊もこういった勘違いをされるのは初めてではない。

だが、こんな勘違いさえ、いいように利用されるのは初めてのことだ。

――何から何まで都合がいいのは、あんただけだよ。

そう言い返したいのは山々だったが、小鳥遊はあえて適当に相づちを打った。

しかし、その瞬間。足元でじゃれ合う四匹を無性に抱きしめたくなった。

――暖が欲しい。いったいこのさめざめとした空《むな》しさはどこから来るんだろう?

答えはわかっていても、それさえ認めたくない気分だった。

開かれているはずの扉から、ノックの音が響く。

「お話し中、申し訳ございません。よろしいですか?」

こちらの様子を窺《うかが》うように姿を覗《のぞ》かせたのは、喜代だった。

「かまわないよ。話はもうついたから。何?」

「それが、その。肇様と嗣子様が――。これから毎日大奥様を見舞うのと、急変の際にいの一番に駆けつけたいので、しばらくこちらに滞在する。お部屋の用意をするようにと」

「本当に心配なら、病院に一番近いホテルを取ればいい。そのほうが早い」

有栖川は、まだいたのか――という言いぐさだ。

「それが、その。肇様たちは、坊ちゃまのご結婚そのものを疑っているようで。そもそもいきなり決めてきた結婚だし、何か企んでいたに違いない。挙げ句に実は花嫁が男だとか、誰が信じるものか。この際大奥様の入院中に、化けの皮をはがしてやるとお話しされていたのを聞いてしまって」

小鳥遊に追い出されて、むきになったのだろうか?

それにしてもという内容に、憤りを覚える。

「あいつら、親の容体より財産の行方のほうが大事なのかよ」

「今に始まったことじゃないよ。祖母が後妻として嫁いできたときから、あの人たちはずっとこの調子らしいから。すでに死んでいる私の母を含めてね」

「――あ、そ」

怒りに任せて浮上しかけるも、あっけなく再撃沈した。

だが、ここまで悪役が徹底していると、かえって開き直れそうだ。これまでいかに周りに恵まれていたのか、思い知った。感謝しようと自分に言い聞かせられる。

小鳥遊はグッと奥歯を噛んだ。

「仕方ない。二人に部屋を用意してやってくれ」

有栖川は、溜息交じりに指示を出す。

「よろしいのですか」

「あとでとやかく言われるよりは、一時我慢するほうがいい」

「承知しました」

喜代は会釈をすると、その場から立ち去った。

もともと肇と嗣子にとっては実家なのだろうし、客間もいくつかありそうな屋敷なので、泊めるだけなら問題はなさそうだ。

ただ、そこに接客・世話までつくとなったら、一番大変なのは喜代だろう。他には誰とも会っていないので、女手は彼女だけだ。

小鳥遊は、喜代の後ろ姿を見送りながら、思い切り同情してしまった。

もっとも、今の自分が人様を心配できる立場にはないと理解するのは早かったが。

「ということで、見張りができてしまった。今夜からは私の部屋で寝起きしてもらうから、そのつもりで頼むよ」

有栖川は内容にかかわらず、なんでもさらりと言う男だった。

「は!? 何言ってるんだよ。俺は帰るよ。契約したら家に帰る」

「君こそ何言ってるんだい。私たちは新婚だよ。君の家は今日からここって決まってるだろう」

彼の言い分だけを聞いていたら、わがままなのは小鳥遊のほうだと言わんばかりだ。

ふざけるな！　だ。

「言いたいことはわかるが、俺は仕事の延長でここにいるんだぞ。着の身着のままだ。それなのに家にも帰さないつもりかよ」

「必要なものは、すべて天王寺に用意させればいいだろう」

「そういう問題じゃない。しばらく留守にするなら、ガスとか電気とか冷蔵庫の中身とか、とにかく部屋をちゃんとしてこなかったら怖いことになる！　俺はあんたと違って、一人暮らしなんだから！」

「だったら、それも誰か使いを……」

「プライバシーの侵害だ！　誰が赤の他人に冷蔵庫の中まで片づけられたいものか！　あんた、自分がされても笑って許せるのかよ！　仮にあんたが平気でも、俺は無理！　絶対無理！」

こんな屋敷に住んでいる有栖川には想像がつかないだろうが、1LDKの小鳥遊のリビングには、帰宅が遅くなることを前提に、大量の洗濯物が干されていた。

今朝はちょっと朝寝坊もしたので、慌てて食べたカップラーメンの容器もテーブルに出しっぱなし、パジャマも脱ぎっぱなしだ。一人暮らしの独身男子なんて、こんなものだ。

それでも周りに比べたら、小鳥遊はちゃんと家事をしているほうだが、それでもこんな大きな屋敷に住んでいたり、かかわっている人間に見られたい部屋ではない。

小鳥遊も全力でまくし立てる。

「わかったよ。だったら一度戻ってかまわない。ただし、明日にしてくれ。仮にも夫の祖母が倒れた夜だ。本来なら新婚初夜だ。新妻が家を空けるなんて不自然だ」

しょうがないな――と言わんばかりの顔をされて、小鳥遊の中で何かが切れる。

まだ切れる何かがあったのかと自分でも思ったが、それほど有栖川は小鳥遊が癪《しゃく》に障るような言い方と表情をするのが得意な男だった。

「何が、初夜だ。新妻だ。おばあちゃんのことはともかく、成田離婚じゃなかったのかよ」

「君も口が減らないな」

「おかげ様で。口から生まれたってよく言われるよ」

むきになればなるほど愉《たの》しそうに笑われ、小鳥遊は本日何度目かの怒りの炎に油を注がれた。

「そのようだ。言いたいことはわかったから、とにかく明日にして。まずは契約だ。天王寺」

「はい。さ、奥様。今のうちに契約の詳細を……」

「誰が奥様だ！　あんたも此の期に及んで、ふざけてんのか!!」

とうとう我慢できずに、天王寺にも当たり散らした。相手が還暦を超えていそうな紳士でなければ、胸ぐらを摑んで揺さぶっているところだ。

「失礼しました。では、遊様。どうぞこちらで」

「ふんっ！」

さすがに天王寺の顔が引きつったので、これ以上は絡まなかった。

だが、この怒りはすべてこれから行う契約内容に反映させてやろうと心に誓った。

「あ、そうだ。遊」

「え⁉」

「今日はおばあ様を助けてくれてありがとう。これだけは心から感謝してる。本当に、ありがとう」

「――ああ」

不覚にも一瞬、ドキリとしてしまったが――。

3

生まれて二十四年も経《た》てば、大なり小なりの事件を経験していても不思議はない。

小鳥遊にとって過去最高の事件は、両親が揃って他界したこと。それも小学校時代の修学旅行中に、交通事故で亡くなってしまったことだ。

そして、その後身寄りをなくした自分を引き取り、面倒を見てくれた母方の祖母が大学卒業と同時に亡くなった。

それなりの年齢だったし、小鳥遊もすでに香山配膳でめきめきと頭角を現していた。

誰もが「きっと安心したから逝けたんだよ。大往生だよ」と優しく言ってくれたが、それでも大事は大事だ。まったく血縁者がいないわけではないが、自分に近い肉親がすべて亡くなってしまったのは確かだ。これ以上の大事は当分ないだろうと、小鳥遊は思っていた。

だが、昨日は〝そういう次元ではない大事〟に見舞われた。およそ想定外、想像さえしたことのなかった出来事が重なった大事件だ。

小鳥遊は、目が覚めたら自分の部屋だった。丸々一日、すべての出来事が夢だったことを本気で期待し、眠りに就いたほどだ。

しかし、どうしてか状況は昨日にも増して、今日のほうが最悪だった。

もしかしたら、人生でもっとも最悪な朝かもしれない。まるで、王子のキスで目を覚ました眠り姫の状態で目覚めたからだ。

「おはよう」

「――？」

昨夜は確か、偽装結婚相手の寝室のソファで――だが、自宅のベッドよりフカフカなそれを借りて寝たはずなのに、起きたらダブルベッドの中だった。

それもご丁寧に、自分のほうから一緒に寝ていた有栖川に身を寄せており、寝相の悪さ全開で彼を抱き枕代わりにしていた。

抱かれていても狂乱しそうだが、自分から抱きついて相手の胸に顔を埋めて寝ていた衝撃は、半端なものではない。

しかも、抱きしめた子犬にキスをしたつもりが、夢だったものだから――。

「ひ――っ、んぐっ」

現実を知った瞬間、悲鳴を上げると共に殴りかけたが、その場で口を塞《ふさ》がれ、拳《こぶし》を摑まれた。

「待った！　これは君の非だ。君が夜中に勝手に入ってきた。おそらくトイレに行ったか何かしたんだろうけど、いきなり隣に潜り込んできて、私に抱きついてきた。そして、人の上に片足を乗せてきて、何度下ろしても乗せてくる。おそらく君には、型にはまった安眠スタイルがあるんだろうけど、こっちはいい迷惑だ。寝るに寝れないし――かといって……。とにかく、君のおか

げで寝不足なんてものじゃない。それなのに、自分が被害者みたいな顔をしないでくれ。今だってキスをしてきたのは君からであって、私はよけ損ねただけだ！」

組み伏せられた挙げ句に、ここぞとばかりに嫌みを連発されて怒られた。

踏んだり蹴ったりなんてものではないが、心持ちまぶたを腫《は》らして機嫌が悪くなっている男を煽るほど、小鳥遊も馬鹿ではない。

ここは、素直に「すみませんでした」と謝った。

普段から掛け布団を手足で抱えて寝る癖があるので、「嘘をつけ！」とは言えなかったのだ。

——仕方ない。これは自業自得だ。

小鳥遊は逃げるようにしてベッドを下りた。

「おいでおいで～。だっこしよー」

朝から元気に寝室で走り回っていた四匹を追いかけて捕まえる。

「何してるんだい？」

「口直し」

「失礼な」

当たり前だが、有栖川は憤慨していた。

それでも小鳥遊は、どうにか唇に残る感触を誤魔化《ごまか》したくて、子犬たちにペロペロさせた。

しかし、悲劇はこれだけにとどまらない。

〝家に帰ればあるんだし、わざわざこんな夜中に買ってこなくていいよ。もったいないから、シャツだけ貸してくれればそれで間に合うし〟

――どうしてあんなこと言ってしまったんだろうか？

小鳥遊は、背丈が近い天王寺のワイシャツを借りるつもりで、昨夜はそう言った。

だが、天王寺が用意してくれたのは、有栖川のワイシャツだった。

クリーニングずみで問題ないが、肩の位置は違うし袖の長さも違う。何よりこれでは恋する乙女が憧《あこが》れる〝彼シャツ状態〟だ。羽織った瞬間、小鳥遊は足元から崩れそうになった。

おそらく二十センチ近くはありそうな身長差が恨めしい。

――神様の意地悪！

よかれと思って言ったことが、すべて仇《あだ》になって返ってくる。

いったい自分の何が悪くて、こんな目に遭うのか⁉

しかも、それから一時間後――。

「あら、小鳥さん。こんな早くからどこへ行くつもり？　嘘がばれる前に逃亡？」

小鳥遊は、一分でも早く家に帰りたい、とにかく一度ここから出て一人になりたいと思い、玄関へ急いでいた。

その矢先に客間から出てきた嗣子と鉢合わせてしまった。

核心を突かれてギクリとしたところで、いきなり背後から有栖川に肩を抱かれる。更にギクリだ。

「一緒に病院へ行くんですよ。ただ、その前に遊の自宅に寄ってからにしようと思って。あちらのご親族にも心配をかけてしまったし、昨日の式では大変な尻拭いをさせてしまった。きちんとお詫《わ》びをして許していただかないと、おばあ様も安心して治療ができないでしょうからね」

笑顔でそう言い放った有栖川の役者っぷりは、大したものだった。

息をするように嘘がつけるとは、まさにこういうことだろう。

それとなく抱いた肩を引き寄せて、

「さ、行こうか」

「――ああ」

「では、お先に。嗣子伯母さんたちも、早く来てくださいね。なんだかんだ言っても心配されてるおばあ様の付き添いをするために、ここへ残られたんでしょうから」

「っっっっ」

有栖川のエスコートするタイミングや演出、そしてトドメの笑顔と嫌みも完璧だった。

女嫌いを誤魔化すために偽装結婚を企て、主役を演じただけのことはある。

ましてや有栖川夫人の勘違いからとはいえ、女嫌いのほうはカミングアウトできたのだ。これに関してはもう、嘘や偽りの必要はない。

有栖川の男の扱いが堂に入りすぎて、小鳥遊は笑うに笑えなかった。

どうしてこんな危険な男と偽装結婚契約などしてしまったのか、今になって後悔だ。

「とりあえず、病院へ行く前に君を送っていくよ」

有栖川に誘導されて、駐車場へ進んだ。

そこにはひと目でわかる国内外の高級車が、三台ほど並んでいる。

小鳥遊がナビシートを勧められたのは、ベンツやレクサスと並んでいたポルシェ911。目の覚めるようなガーズレッドのスポーツカーだ。

ここでも小鳥遊は有栖川にドアを開けてもらって、完璧なエスコートを受ける。完全なまでに新妻扱いだ。

「それで、家はどこ？」

「鶯谷《うぐいすだに》」

「鶯谷駅って、台東区《たいとう》のほうだっけ？」

——へー。こんなスポーツカーにもカーナビってついてるんだ。

怒りなのか緊張なのか、判断しがたい感情を誤魔化したくて、小鳥遊は意識をナビへ向けた。

「いや、渋谷の鶯谷町」

「——、そう」

何気なく答えたところで、笑われた。一瞬で意識も視線も有栖川に奪われる。

「なんだよ、今の間は。そのクスッは！」

「いや、別に。知らないうちに、パートナーシップ証明とか取られないように気をつけてね。君、とても素敵だから、ちょっと心配になった」

「何が心配だよ。今の俺に、あんた以上に心配な男なんかどこにもいないって」

「そう。なら、よかった」

――よくねぇよ‼　ってか、会話が通じてないって！

そうして知る。後悔先に立たずのことわざの意味。教訓を残してくれた古人たちの偉大さ。

いっそ、このままことわざ辞典でも買って、丸暗記しようかと思うほど、小鳥遊は迂闊《うかつ》なことをしてしまった自分を責めた。

昨夜は高額すぎないバイト代の交渉と自身の仕事について。それから必要最低限の人権とプライドの確保にこだわって契約書を作成してしまったが、思えば一番肝心なことが抜けていた。

我が身の安全、貞操に対しての絶対的な保障だ。

それを思い出すと、小鳥遊の唇が尖《とが》り、頬が膨らんだ。

そうしている間にも、ガーズレッドのポルシェは、閑静な住宅街を走り抜けていく。

「どうしたの？　なんか、すねてる？」

「別に」

「なら、もしかして私のこと意識してる？」

「意識はしてない。恐怖してるだけだ」

「それって、このままだと契約中に食われるかもしれない、私に襲われるかもしれないってこと？」

有栖川は、警戒心をむき出しにしている小鳥遊に対して、特に気分を害した様子はなかった。

むしろ、それはそれで仕方がないけど——と、納得しているのがわかる。

——こいつ、ガチだ！

小鳥遊は余計に恐怖心を煽られる。

しかし、有栖川は慣れた手つきでハンドルを切って、

「だったら、安心していいよ。たとえ遊びであっても、他人のものに手は出さない主義だから」

「は？」

「だって君、本当は恋人がいるんだろう。牧田とかっていう、男性社員の」

東の空へ昇りゆく太陽の光をフロント越しに受けて、嫌みなぐらい綺麗に笑った。

彼の目が、なぜか屋敷のシャンデリアよりもキラキラと輝いて見える。

「——」

小鳥遊は、これでもかと予期せぬことが朝から続いて、とうとう運転中の有栖川の胸倉を摑んだ。

「そんな馬鹿なこと、誰が言ったんだ！」

「ちょっ！　危ないって‼」

その後は車を止めさせて、さすがに殴るまでは我慢したが、機関銃のごとく文句を炸裂させた。

＊＊＊

朝一で自宅に戻る予定さえすっ飛ばし、小鳥遊が有栖川に車で送らせたのは青山静汕荘だった。

「森岡支配人っっっ!!」

これから朝のミーティング時間なのはわかっていたが、今日は通常営業の月曜日だ。

朝一で結婚式を挙げるカップルの予定はない。一日どこを見渡しても、披露宴の予定もない。

あるのは宿泊施設としての仕事だけだとわかっていたので、ここは容赦しなかった。

ミーティングだけなら、支配人抜きでもかまわないだろうという勢いで、小鳥遊は森岡の部屋へ乗り込んでいく。

ありもしないカップル説を有栖川に吹き込んだ張本人が、森岡だとわかったからだ。

「ごめん。申し訳ない。実は昨夜、あいつから電話があって。話がややこしくなってきたら、静汕荘でも口裏を合わせてほしいって頼まれたんだ。おそらく親類縁者が小鳥遊のことを調べるだろうから、名前のこととかいろいろ――。けど、小鳥遊はうちの社員じゃないし、この業界じゃ相当な有名人だから、ここだけで話を合わせてもすぐにバレる。むしろ、お前のほうが小鳥遊に合わせて、偽装の設定を組み直したほうがいいって話をして……」

専用のデスクと六人がけの応接セットだけが置かれた支配人室には、森岡と小鳥遊、そしてもう一人の被害者である牧田の三人がいた。

小鳥遊が怒り任せに部屋に入ってきたので、森岡はデスクに座ったままだ。応接セットに誘導することもできないでいた。

「それはどうでもいいです！　俺が怒ってるのは、どうしたら俺の恋人が牧田課長ってことになるんですよ。なんで俺まで、本当にそっちの人扱いされなきゃいけないんですか。同じ嘘をつくにしたって、もう少し言いようってものがあるでしょう。牧田課長だって、いい迷惑じゃないですか！」

「急すぎて、他に言いようがなかったんだよ。これでも小鳥遊の安全を第一に考えた結果だ」

「どこが！」

憂さ晴らしのようにデスクを叩く小鳥遊の剣幕に、森岡はただただ低姿勢で言い訳をするのみだった。

まずは経緯を説明し、小鳥遊の怒りを解こうと懸命だ。

「あいつが、いつになく本気で興味を示したからだ。契約にかかわるからと言いつつ、小鳥遊には恋人がいるのか、実際のところ職場での人間関係はどうなんだとかって聞いてきて……。だから、あのルックスだし性格だから、どこへ行ってもアイドル並みの人気者だ。相思相愛で付き合っている男もうちにいるから、絶対に変な気は起こすなよって言って、釘を刺したんだ」

話の内容が、これ以上ないほど個人的なことなので、森岡も立場を誇示することはない。

それどころか、この話は善意から出たものだ。あくまでも小鳥遊のためについた嘘だと主張し続ける。

「見てわかるとおり、有栖川は本気になれば三秒で相手を惹《ひ》きつける。一分あれば口説き落とすし、五分あれば余裕でベッドにも引っ張り込む。式のことがあったから、今はフリーだけど、普段は三日と相手を欠かしたことのないような男だ。けど、他人のものには手は出さないし浮気もしない。幼い頃に母親の不倫騒動で痛い目に遭ってるから、そこだけは徹してる。それでわざと言ったんだ」

——それはずいぶんなご友人をお持ちで。

いろいろ追及したいことは山々な言い訳だった。

しかし、これ以上の脱線は時間のロスだ。小鳥遊は肝心なところだけを突いていくことにした。

「だったら、相思相愛で付き合ってる女がいるでもよかったんじゃないですか？　自分は会ったことがないけど、他の職場にいるらしいでもなんでも、言いようはあるじゃないですか」

「それで相手の女にまで興味を持たれて、有栖川自身に小鳥遊の身辺調査をされたら、この話自体が嘘だってすぐにバレるだろう」

「だから、ここでも口裏を合わせてくれる人間を指名した。それが牧田課長だったたって言うんですか？」

「それはその……。電話のときに、たまたま目の前を牧田が通り過ぎたから――」

――相手の選出は、そんな理由かよ。

こうなると小鳥遊は、自分よりも牧田のほうが気の毒になってきた。

牧田に至っては、いまだ自分の置かれた立場がよくわからないのか、二人のやりとりを黙って見ているだけだ。

ただ、どんなにこれが個人的な話であっても、牧田はここの社員で小鳥遊は派遣だ。森岡の部下でもなければ、働き先は他にいくらでもある立場だ。

そう考えたら、ここは牧田の分まで文句を言うぞと鼻息を荒くした。

「無責任な。だったらいっそ、実は俺の恋人だぐらい言ったらよかったじゃないですか。そしたら、俺たちだけの話ですんだのに」

「すむか！　そんなこと言ったら、もっと収拾がつかなくなるだろう」

「そんなの牧田課長だって同じ――あ、支配人。もしかして保身に走ったんでしょう。社内恋愛してるから、変な噂《うわさ》を立てられたくなかった。それで俺の相手を牧田課長に押しつけた。そうでしょう！」

「そんなわけないだろう！　俺は絶賛片思い中だ」

「それだって十分保身ですよ。まあ、どっちにしても嘘だってバレてるんで、意味ないんですけどね」

気がすむまで机を叩いたところで、小鳥遊は両手を引いた。

プイと顔を背けた。

すると、今度は森岡が両手をデスクについて席を立つ。

「まさか、お前。有栖川に自分がフリーだって言ったのか？」

「言いましたよ。当たり前じゃないですか。恋人がいるのに偽装結婚の片棒担ぐって、一番最悪でしょう。でも、だからって俺には、そっちの趣味はないから、間違ってもべたべたするなよって釘は刺し——」

小鳥遊が言い返すうちに、再び席に腰を落として頭を抱え始める。

「どうしたんですか？　支配人」

「終わった」

「何がですか？」

「有栖川との交流関係だ」

「は？」

何がどうしたら、そこまでの話になるのか。小鳥遊は思わず森岡の顔を覗き込む。

「これだから人間は信用ならない。平気で嘘をつくって、今頃アドレスから名前を削除されてる」

森岡が浮かべた苦笑は本物だった。

「そんな、大げさな。そんなこと言ったら、偽装結婚を実行してるあいつのほうが、もっと大嘘つきじゃないですか。一応俺のことを心配して気を遣った森岡支配人のことなんて、何一つ責められないでしょう」

「そういう問題じゃないんだよ。これまであいつは俺に対して、一度も嘘はついてない。けど、俺はあいつに嘘をついた。それだけのことだから」

まいった——。

心底からそう言って落ち込んでいるのが、見てわかる。

「森岡支配人」

小鳥遊は、それ以上かける言葉を失った。

何をどうしていいのかわからなくなった小鳥遊を支配人室から連れ出したのは、この場ではとうとう一言も発しなかった牧田だった。


予定していた仕事を部下に指示した牧田は、小鳥遊を誘って外へ出た。

通用口から裏路地へ出ると、、今日も変わりなく色とりどりの花が咲いている。

それが昨日の朝ほど美しく見えないのは、やはり気持ちの問題だろう。小鳥遊は半歩先を歩く牧田をちらりと見ながら、今ある思いを口にした。

「俺——。もしかして怒り任せに、取り返しのつかないことをしたんでしょうか?」

牧田は眼鏡のブリッジに手をやった。これは彼の困ったときの癖だ。

「うーん。なんていうか、俺としては非常識なことが続きすぎていて、いまいち状況が把握しきれないんだよな。けど、お前が悪くないってことだけは確かだよ。これだけは、誰の目から見てもそうだと思うから、安心していいよ。お前が悪いなんて思う奴がいたら、俺が脳みそ引っ張り出して、洗濯機に放り込んでやるから」

真面目で実直な牧田にしては、いささか荒っぽい返事だった。

小鳥遊は昨日から、ずいぶん非日常的なことばかり起こるなと思っていたが、牧田からしたらすべてが非常識なのだ。

言われてみたら、それもそうだと小鳥遊も思った。すべてが偶然から始まったことではない。有栖川夫人が倒れたこと以外は、必然的なことだ。有栖川と森岡が意図的に起こしたトラブルなのだから、これらに関しては二人が非常識だと考えるほうがスッキリする。

しかし、ここで愚痴ったぐらいでは気は晴れないらしい。牧田がふと空を見上げる。

「ただ——。わかっている状況を簡単に整理していくと、森岡支配人が有栖川氏に片思いしてるってことだよな?」

「は?」

これもまた突然の話だった。驚いた小鳥遊は、目を見開いた。

「だって、そうだろう。ようは有栖川氏が小鳥遊を気に入ったみたいだ。このまま本気で口説いて、二人が恋人同士になったら自分が困る。だから、咄嗟に俺とお前が付き合ってることにした。そういうことだろう？」

牧田の解釈では、森岡が幼馴染みに思いを寄せ続けてきた、一途《いちず》な男的な存在になっていた。

しかし、そう考えたら、こんな非常識な計画の片棒を担いでいたのも頷けるんだろうか？

むしろ有栖川は女嫌いなのだから、ここで山ほど協力しておいて、やっぱり俺が一番頼りになるだろうアピール⁉　それから告白タイムの予定⁉

小鳥遊の脳裏で、様々な仮説が生まれて暴走し始める。

だが、さすがにツーショット姿まで思い浮かべたところで、自主規制がかかった。

脳内に砂嵐が起こった。

「もしくは……」

空を仰いでいた牧田の目が、困惑する小鳥遊に向けられた。

まだ何かパターンがあるのだろうかと、小鳥遊が身を乗り出す。

「なんでもない」

「牧田課長？」

これは違うと思うような仮説だったのか、牧田が再び視線をずらした。

「別に、誰が誰を好きでも、これぱっかりは本人の自由だしな」

「それは、そうですけど——」

それしか言いようのない事態に賛同するも、なぜか小鳥遊の胸は痛んだ。

——有栖川は森岡支配人の気持ちを知ってるのかな？

知っていたら、嘘でも結婚式の段取りは依頼しないだろう。

——まさか、有栖川も森岡支配人のことを？　成田離婚のあとが、告白タイムだった？

そういう考えなら、なくはない共犯だ。

それでも最終的には、脳内で砂嵐だ。

揃いも揃って長身同士だが、凛々《りり》しくて肉厚な森岡と美麗でスレンダーな有栖川なら、似合わなくもない。

だが、これはこれでしっくり収まりそうかと思うと、余計に脳が映像化を拒否した。

「とにかく。お前は絶対に無理するな。有栖川氏が犬猫四匹を引き取ってくれたこととか、有栖川夫人がなんとなく亡くなったおばあちゃんに似てることとか、気にしてたらきりがない」

ますます頭を抱えた小鳥遊に、牧田が「これだけは」と強く言ってきた。

大学時代から付き合いのある牧田だけに、小鳥遊の性格はお見通しだ。思えば、祖母の葬儀にも来てくれたし、小鳥遊がおばあちゃん子で育っていたことも十分理解している。

「そもそもこの騒ぎは、有栖川氏の個人的な都合と勝手から始まってることだし、変なお家騒動に巻き込まれて、小鳥遊自身が逆恨みでもされたら困る。相手は今後を懸念して契約書とか言ったみたいだけど。俺から言わせたら、まずは小鳥遊自身の保障を先に約束しろ。契約中は命がけで親族から守ります。かすり傷一つ負わせませんぐらい誓えって話だ」

こうして改めて話をされると、まるで保護者のようだった。

小鳥遊が未成年の頃から知っているだけに、牧田の目線は有栖川に対する天王寺か喜代に近いのかなとも思えた。

「だいたい、そんな金の亡者どもが集うような魔窟《まくつ》に、無関係の人間を引っ張り込むなんて。弁護士がついていて何してんだよ。こんな話の片棒担いだ森岡支配人の気も知れないし、金持ちって何考えてるんだろうな——って、それしか思えないよ」

テンションが上がってきた牧田を見ていたら、やはり昨夜の天王寺と被《かぶ》るところがある。

しかし、かえってそれが小鳥遊には嬉しかった。どれほど牧田が親身になってくれているか、伝わってきたからだ。

「それでも小鳥遊のことだから、もう契約しちゃったし、あとには引けないとか思ってるんだろう。けど、ちょっとでも様子が変だなと感じたときには、迷わず逃げろよ。しまったとか、やばいって思ったときじゃ、あとの祭りだからな」

「はい！」

おかげで満面の笑みで、いい返事ができた。

牧田のほうも、自分の好意を小鳥遊が素直に受け取ったことがわかり、嬉しそうだ。

「はーっ！　それにしたって、よりにもよって、うちの仕事でお前をこんな目に遭わせるなんて。香山社長たちにも申し訳なくて、合わせる顔がないよ。ってか、今後総スカンを食らうんじゃないのか？　事務所のアイドルが派遣先で無理矢理花嫁にされちゃいましたとか、洒落《しゃれ》にもならない。それも派遣先の支配人がグルだなんて――。静汕荘の連帯責任は免れないよな」

だが、一難去ってまた一難とはこのことだ。

宴会課の現場責任者として、また直接香山配膳の事務所とやりとりをする立場の者としては、余計な悩みも湧いてくるのだろう。

とうとう牧田が、自分の頭をかきむしった。かなりのテンパり具合だ。

「あ、もしかしたら、それで森岡支配人が変な嘘ついたのかな。俺自身のためだって言ってたけど、本当にそうだったのかも」

「そこは――、本当にそうだったらいいけどな」

個人の恋愛問題はともかくとして、仕事に関しては牧田も、かなり森岡が恨めしそうだった。

香山配膳が指導に入っていた時代、社員の先頭を切って教えを受けていたのは、この牧田だ。

将来的に宴会課を担う期待のホープだったこともあり、特に事細かに指導を受けていたのだ。

それもTF五代目トップだった香山響一《きょういち》に。香山社長の甥《おい》にして、抜群のセンスと技術を持っていたサービスマンとはいえ、当時まだ高校生だった年下の彼にだ。

この経緯からくる牧田の苦労と心労は、並々ならぬものがある。

これればかりは、今の宴会課ができ上がってから帰国した森岡には、わからない話だ。普段は仲のいい森岡だが、今日ばかりは牧田も怒り任せに一発殴りたそうな顔をしている。それが嫌というほど伝わってくるだけに、小鳥遊も「まあまあ」と彼を諫《いさ》めた。

「いろいろとご心配いただいて、ありがとうございます。けど、香山のほうは大丈夫ですよ。結果として有栖川家の騒動に首を突っ込む形になったのは、俺個人の判断と責任だし。それはもう、昨夜の段階で社長には、全部報告してありますす」

牧田の不安を取り除こうと、すでに話を通してあることを打ち明ける。

「それで香山さんはなんて⁉」

「しょうがねぇなって」

「しょうがねぇな⁉」

「あとは――、すでに組み上がってるシフトに響きそうだったら、早めに相談しろって。なんなら偽の若奥様専用に、香山特製のスーパー執事でも派遣するか？　うちにはボディーガードが兼任できるサービスマンも何人かいるぞ〜って、からかわれました」

「ボディーガード！」

嘘か誠か、こちらはこちらでかっとんだ話になっている。一気に相続ドロドロな昼ドラから、夜のサスペンス劇場かアクションドラマ的な内容に切り替えられている。

「はい。もっとも、有栖川家自体にこれまでそういった人物が出入りしていたとか、殺人事件や未解決事件があったなんて話は一度も聞かないから、そこまで過激な争いにはならない。有栖川のおじいさん世代までは、献上菓子も手がけていたような職人気質の家系だし。さすがに先祖の名誉まで貶《おとし》めるほどの、世間体にかかわるような悪さはしないと思うが——とも言ってましたけどね」

「さすがは香山社長だな。昨日の今日で、もうその情報量と対応か」

最終的には、ちょっと込み入ったホームドラマ程度に収められたようなので、牧田も肩から力が抜けたようだ。

なにせネット検索をかければ、それ相応にヒットする老舗の製菓店。やらせの結婚式に、招待客三百人の披露宴を当然のようにやってのける有栖川のお家騒動だけに、血なまぐさいことが起こらないかという危惧もしたのだろう。

さすがにその手の事件は過去に起こったことがないと知り、かなりホッとしたようだ。

情報源に信頼があったことも、安心の裏付けになっている。

「仕事中に桁《けた》違いなセレブから見初《みそ》められて、口説かれること数知れず。ボディーガードなしでは行動しないような要人たちのプライベートパーティーのサービスを任されること数知れずの、現場兼任の社長ですからね。昨日ここで有栖川夫人が倒れてえらい騒ぎになったって話が耳に入ったときには、付属情報も満載だったらしい——!!」

そんな話をしているときだった。

小鳥遊の視界に、意外な男の姿が飛び込んできた。

「有栖川。どうしてここに？　病院へ行ったんじゃなかったのかよ」

関係者専用の通路だけに、有栖川が迷うことなく歩いてきたことにも驚いた。

小鳥遊が声をかけると、牧田が全身で警戒心を露わにする。一瞬にして、森岡のことが思い起こされたようだ。

「もう行ってきたよ。だいぶ落ち着いてはきたけど、まだゆっくり面会ができるような状態ではないから、長居しても邪魔になるだろう。だから、改めて昨日のお詫びに回ろうかと思って、まずはここへ来たんだ。森岡にも余計な世話をかけたしね」

有栖川の口から森岡の名が出ると、小鳥遊も緊張する。

「それって、絶交とか思ってないってこと？」

「なんの話？」

「森岡支配人が俺のことで、お前に嘘ついたって。すごく気にしてたから」

「ああ。別にそれは怒ってないよ。あいつの性格はわかってるつもりだし、どうせ私に気を遣いすぎて、言い回しを間違えたんだろう」

「――そう。なら、いいんだ」

とは言ったものの、小鳥遊は発した言葉ほど安堵はできなかった。

彼のこの言葉が本当なら、森岡があそこまで落ち込むだろうかとも考えられるし。面と向かっ

て怒ってないと言われると、逆に怒っているのか。もしくは、それさえどうでもいい域にいって
しまったのかと、深読みしてしまったからだ。
「それより時間があるなら、一緒に来てもらってもいいかな。森岡に挨拶《あいさつ》だけしたら、そのまま
君の部屋に送るから」
有栖川の態度も微笑も変わらない。小鳥遊の心情さえ見抜かれているのか、あえて誘ってきた
ようにも思える。
だが、いずれにしても二人の今後が気になることは確かだ。小鳥遊は彼に付き添うことを了解
した。
「じゃあ、牧田課長。また明日」
「ああ」
土日祝日は各ホテルの宴会課を回る小鳥遊だが、披露宴やパーティーが少ない平日はレストラ
ンに入ることが多い。
そして今は、この春静汕荘内にオープンしたばかりの高級フレンチレストランが中心だ。今日
はたまたま休みだったが、明日からはまた出勤だ。
しばらくは続けてここに出入りするので、余計に森岡のことが気になっていたのだ。
「――、有栖川さん！」
別れかけたときに、牧田が呼び止めた。

「いろいろ事情はあるだろうし、小鳥遊が納得してやっていることだから、俺が立ち入ることじゃないってわかってます。けど、小鳥遊に何かあったら、俺はあなたを許さない。絶対に許しませんから、それだけは忘れないでください」

足を止めた有栖川を見つめて、本気で発言した。牧田にしては、非常に珍しいことだった。

すでに彼を静汕荘のお客様だとは思っていないし、また縁のある業者の社長とも思っていない。支配人であり自身の友人でもある森岡の幼馴染みと思うのが、牧田にとっては限界なようだ。

それ以外は、小鳥遊に迷惑をかけている男。ひたすら非常識な人間で――。

恋愛自体は個人の自由だと認められても、それ以外に関しては、まったく受け入れることができないようだ。

「肝に銘じておくよ」

有栖川は、そんな牧田の思いも言葉も真っ向から受け止めた。

だが、そうとわかる以外の感情は、この場もその後もまったく見せなかった。

それは小鳥遊にのみならず、後に半泣きで安堵していた森岡に対しても、まったく同じだった。

4

直《じき》に七月を迎えようという季節もあり、日が落ちるまでの時間は日ごとに長くなっていた。

結局この日、小鳥遊は有栖川と一日のほとんどを一緒に過ごしてしまった。

なぜなら――。

「部屋の片づけってどれぐらいかかるの？」

「一時間ちょいぐらいかな。二時間はかからないと思うけど」

「そう。なら、その辺で時間を潰しているから、一緒に家に戻ろうよ。必要な荷物を運んだりするだろう？　着替えとか、ちょっとした身の回りのものとか」

「ん。なら、よろしく」

行きがかりの偽装結婚とはいえ、どの程度で小鳥遊が解放されるのか。

小鳥遊が天王寺と交わした契約では、有栖川の財産問題の解決――ではなく。あくまでも有栖川夫人の回復や退院、真相を告白できる状態を終了期限としたので、長期になることはないだろう。

だが、それでも半月から一ヶ月は必要だろうと予想はできたので、財産関係に関しては、その間に天王寺がひたすら頑張ることになっている。

そして、有栖川から「年収分＋ボーナス」は支払うと言われたバイト代も、小鳥遊は日当で五千円ももらえれば十分だと主張した。

今ある仕事の予定をいっさい変更しない。空いた時間を有栖川家で過ごすだけなら、寝に帰るようなものだ。伯父や伯母の前で、新妻扱いされる精神的苦痛はあるが、それでも一ヶ月程度の拘束に多額の報酬はもらえない。身売りのようで嫌だ。

それが駄目なら、この話自体お断りだと主張したので、小鳥遊の要求は八割方通った。

通らなかった二割は、日当を一万円につり上げられたこと。

理由は、場合によっては仕事中であっても、有栖川の伴侶を貫いてもらわなければならないシーンができるかもしれない。親族が絡んでいる手前、まったくないとも言いきれないので、そのときはよろしくという意味のプラス分だ。

これこそ一千万積まれても「やだよ！」と言いたかったが、極力そんなことがないよう、天王寺自身も目を光らせる。そこは最善の努力をするのでどうか――と。土下座をされかかったので、妥協した。

そもそも両手をついて頼むなら、本人がやれよと言いたかったが、そこも天王寺の顔を潰しかねないので妥協した。

昨夜のうちに、こんな取り決めもあったので、小鳥遊は有栖川の申し出を受けることにしたのだ。

「宅配便で着払いにしてやろうと思ってたから、まあいいか」

そうして一通り片づけたのち、小鳥遊はリゾートホテルに長期派遣にでも行くような気分で、荷造りを始めた。

当分の着替えや必需品程度だが、派遣仕事で使う制服一式はすべて自前だ。それらに普段着を合わせると、それなりの量にはなる。

車で運んでくれるなら、プラスチック製の衣装ケースに詰めてもいいかと思ったが、いざでき上がったものを真っ赤なポルシェに積むのかと思うと、少しだけ良心が痛んだ。

もちろん車の持ち主にではなく、車そのものにだったが——。

一方、小鳥遊が部屋で準備している間に、有栖川は近くのパーキングに車を停めて、披露宴で笑いをこらえていた本物の来賓・五人に電話をかけた。

昨日の謝罪を含めて、急遽偽装結婚の設定と花嫁が変わってしまったこと、しばらく偽装結婚生活を続けることになってしまったことを報告していたのだ。

直接会って説明しようと思ったが、すぐには時間の折り合いがつかず、今日のところは電話だけになった。

だが、誰もがそれで満足していたし、有栖川夫人の無事も喜んだ。有栖川が負っていたであろう心労も慰めてくれて、その後は食事会での喜劇ぶりまで説明してくれた。

〝こんなことなら、せめて本物の関係者が何人いて、それが誰なのか聞いておけばよかった〟

そうも言って、最後は心から笑ってくれて――。

そんなやりとりがあったことを、小鳥遊は有栖川とランチをしながら知ることになった。

「やっぱり人間関係は量より質だよ。ちゃんとすべてを正直に話しても、おばあちゃんは安心するって。なりゆきとはいえ、カミングアウトもできたんだし、この先本物の伴侶と堂々と結ばれたら、それで円満解決じゃん」

移動を開始したのは、昼を少し回った時間だったので、お腹も空《す》いたし、このままどこかで昼食にしようということになったからだ。

「まあね。そう言われたら、そうかもね」

「そうだって」

ただ、いざ部屋を出て車で移動して有栖川が「ここなんかどう?」と聞いてきたレストランのほとんどが、小鳥遊が何度かヘルプで行ったことがあるような名店ばかりだった。

一軒二軒ならまだしも、候補に挙げた五軒が続けて「そこは避けたい」となったところで、有栖川もコースでランチを食べるようなところは諦めてしまった。小鳥遊に「任せるから好きなところへ案内して」となったのだ。

しかし、こうなるとどこへ行っても人目が気になりそうで、小鳥遊は「ドライブスルーでなんか買えばいいよ」と提案した。最悪車内で食べて帰ってもいいと思ったからだ。

すると有栖川は、「それなら、いいところがある」と、食べる場所を指定してきた。

「ここなら人目につきそうでつかないし、ついたとしても特別変には思われないだろう」

そう言って案内されたのは、広尾《ひろお》駅と麻布十番《あざぶじゅうばん》駅にほど近い緑豊かな有栖川宮《ありすがわのみや》記念公園《きねんこうえん》。有栖川夫人が入院している大学病院の目と鼻の先だった。

「理には適《かな》ってるが、親父ギャグにも受けとれる」

「そういう発想はなかったな。景観がいいし、帰り際にもう一度病院に寄れるかと思って、選んでみたんだけど」

「失礼しました。では、いただきます」

「どうぞ召し上がれ」

そうして暑くも寒くもなく程よい天候の中で、二人は空いていたベンチに腰を下ろして買ってきたハンバーガーを食べた。

電話謝罪の話も含めて、普通に雑談もした。

そのうちに、そういえば——と、有栖川が二人の出会いや馴れ初めをどうしようかという問題を切り出した。

誰に何を聞かれても食い違わないように、基本的な設定を合わせておこうと、二人で真剣に考えた。

ただ、あまり詳細に設定してもかえって間違えるかもしれないという心配から、二人が出会ったのは静汕荘、小鳥遊が派遣で来ていたところを、たまたま森岡を訪ねてきた有栖川が彼を見て一目惚れ。森岡経由で紹介してもらい、ノーマルだった小鳥遊を有栖川が強引に口説いて、スピード婚にこぎ着けた。

という、もともとあったシナリオを一部改変した程度の簡単さで収めた。

——なんだそれ。だ。

しかし、小鳥遊個人はそう感じたが、他人が聞いたらさほど不思議とは思わない設定なんだろう。森岡の言っていた、あいつが本気になったら三秒で、一分で、五分でという話に、妙な説得力があったからだ。

小鳥遊は「こいつは、なんて失礼な奴なんだ」という負の要素から入ったが、なんの感情も抱いていない人間なら、有栖川は見た目だけでも魅力的な男だろう。

突然「一目惚れした」と口説かれたら、確かにグラッとしそうだし。よほど趣味や専門が違うと言いきれる者でなければ、とりあえず話ぐらいは聞いてみようかという気持ちになりそうだ。

そこで完璧なアプローチをされたら、十中八九は舞い上がって朝帰りもあるかもしれない。

おそらく朝日の中で有栖川の顔を見て、本気で悲鳴を上げたのは小鳥遊が初めてだろうし。そんなことが容易に想像できるほど、有栖川は見目のよい男だった。

普通に話をしている分には、特に問題も感じないし、むしろ好感度が高いぐらいだ。

——やっぱり森岡支配人って、こいつに片思いしてるのかな？

疑うというよりは、そうだったらどうしよう。自分が実は恨まれる羽目になっているのか？

と、悩んでしまうほどだった。

「そろそろ行こうか」

「――ああ」

結局公園では、二時間近く潰してしまった。

ここで新たな偽装シナリオが誕生したわけだが、あまりの景観と気分のよさに、小鳥遊は悪事の片棒を担ぎ始めたような実感がまるで湧かなかった。

むしろ、昨日知り合ったばかりだというのに、ずいぶん前から知り合いのような錯覚さえ起こってきた。

その足で有栖川夫人の見舞いへ行く頃には、なんとも説明のつかない気分になっていた。

話を合わせるため、設定を組むためとはいえ、大ざっぱでも自己紹介をし合って互いのデータを一気に増やしたせいかもしれないが、とにかく急速に距離が近くなった気がしたのだ。

そうして病院を出てからの帰宅途中、小鳥遊はふとしたことが頭をよぎった。

――そういや、先に決まっていた偽嫁は、なんで式の直前で逃げたんだろう?

逃げたというのは有栖川の視点の解釈だが、聞けば相手は女優志望で、芸能事務所にも所属している、この手の仕事のプロだった。

普段は新婦友人などの役がほとんどで、新婦に抜擢《ばってき》されたのは初めてだったらしい。

それだけでもかなり喜んでいて、打ち合わせもノリノリだったという。金銭的にも高額なアルバイトだったし、事故や病気でない限り、ドタキャンなど考えられない。違約金が発生しても不思議はないことも理解していただろうに、偽嫁は式場まで来てから逃亡した。

よほど急ぎの事情ができたのか？

本当は恋人がいて、たとえエキストラの仕事でも、他の男の花嫁など嫌だとごねたのか？

理由は本人のみぞ知るだが、今朝の段階で事務所には姿を現し、謝罪をした。違約金の支払いも了承し、これに関してはすでに決着がついている。

有栖川も事情が変わったために、さほど事務所に文句を言うことはなく、強く責めることもしなかった。

彼女が逃げたおかげで、女嫌いをカミングアウトできた。有栖川夫人に認められた利点はあったので、まあいいか——で終わらせたのだ。

——巻き込まれた俺と倒れたおばあちゃんが一番被害者じゃないかよ。

とは思ったが。

ここまできたら、文句を言っても始まらない。

森岡からも改めて頼まれてしまったし、これはこれでやりきるしかない。

よし——と、覚悟を決めているうちに、小鳥遊は荷物と共に有栖川邸に戻っていた。

「ただいま」

「ただいま戻りました」

「お帰りなさいませ、諒一坊ちゃま。遊様」

喜代から当たり前のように出迎えられて、小鳥遊は摩訶《まか》不思議な気分だった。

彼女もすでに、二人が偽装結婚だということは承知している。夫である天王寺が奮闘している
し、有栖川自身からも「しばらく頼むね」と、お願いされている。もはや立派な共犯者だ。

だが、それでも小鳥遊は笑顔で出迎えられたことが、単純に嬉しかった。

祖母が他界してから、こうして誰かに玄関まで迎えられたことがなかったからだ。

環境はまるで違うのに、どこか懐かしくて、優しい気分になれた。

「あんあん」

「みゃ〜」

喜代のあとをついて、子犬や子猫たちまで出迎えてくれた。これはこれで温かい気持ちになる。

「ただいま。シロ、クロ、ブチ、トラ」

ただ、三秒もしないうちに、小鳥遊のふわふわした気分には亀裂《きれつ》が入った。

「――名前、つけたの?」

「ああ。とりあえずの呼び名だけどね」

「そう」

納得はしたものの、小鳥遊は「すげー、ネーミングセンスだな」と、内心苦笑いだった。よもやあの端正な顔から、こんな適当で大雑把な名前が出てくるとは、これもまた想定外だったからだ。

どうやら見た目を裏切るのは、小鳥遊だけの十八番《おはこ》ではないようだ。

「でもまあ、わかりやすいっちゃ、わかりやすいのか。犬のシロにクロ。猫のブチにトラ。一度で覚えられるし、呼び名ってことは、仮の名前ってことだろうし。これから飼い主を探すってなったら、これぐらいのノリでいいのかもしれないな」

すっかり懐いて、足に絡む四匹をかまいながら、小鳥遊はそれぞれの名前を呼んでみた。

「みゃ」

「きゅん」

喜代に一日中呼ばれていたのかもしれないが、尾っぽをブンブン振って反応しているところが愛おしい。

それだけに、小鳥遊の脳裏には、また一つ未解決の問題がよぎった。

――そういえば、警察呼ぶって話はどうなったんだろう?

昨日の今日では、牧田も上にかけ合うどころではなかったかもしれない。警察に連絡できたかどうかもわからない。

何より犬と猫合わせて四匹だけに、置き去りにしていった犯人が一人とは限らない。場合によっては、一人一匹で犯人が四人という可能性だって否めないのだ。

「あら、帰ったの？　二人揃って、仲がいいこと」

「ベタベタしおって、気持ちの悪い。この恥さらしが！　見苦しいなんてもんじゃない」

リビングから出てきたのは、嗣子と肇だった。

一瞬忘れていたが、お家騒動ドラマの再開だ。小鳥遊もキャストに加わってしまったので、ここはもう開き直るしかない。

じゃれていた四匹から視線を上げると、有栖川共々二人を見つめた。

「でしたら病院近くにホテルをお取りしますよ。これでも外では気を遣っているんです。自宅に戻ってまで、邪魔されたくない。馬でも連れてきて、けしかけたいぐらいだ」

「っっっ‼」

しかし、いきなり有栖川から腰に手を回され、引き寄せられたものだから、小鳥遊は驚いた。わざとらしくこめかみにキスをされて、「ね」と同意まで求められる。

——どさくさに紛れて、やりすぎだ！

叫べるものなら叫びたかったが、それができるぐらいならストレスはない。

——いやいや、これが日当一万円の責務だ。我慢しろ、俺！

どうにか職務意識を駆り立てて乗り切ろうと試みるも、胸の鼓動は激しくなるばかりだ。怒りと羞恥《しゅうち》で顔が真っ赤になり俯《うつむ》くしかない。

「なんですって！　ここは私たちが生まれ育った家よ。家！」

「そうだぞ、諒一!!　ここは俺たちの実家だ。あの女の家でもなければ、お前の家でもない！」

「でしたら、どうしてあのとき相続されなかったんですか？　おばあ様は、おじい様の遺産として、この家や本店を渡してもいいと言ったはずだ。それこそ自分はおじい様の位牌《いはい》だけもらえれば、それでいいって」

　小鳥遊が、バクバクしている胸を押さえていると、有栖川が嗣子たちに向かって言い放った。

　相変わらず淡々とした物言いだが、この場では嫌みより怒りが目立つ。

「それを、かたくなに現金でよこせと迫ったのは、お二人だ。家や本店を受け取ったところで、すぐに手放す羽目になる。何も残らない上に、自分の代で本家、本店を潰したと後々まで言われるのが嫌だったから、わざわざおばあ様に借金をさせたんではないんですか？」

　ここに来てから耳に入った情報を繋げていくと、祖父の死後に起こった争いが、一番の修羅場だったとよくわかる。

　負債がちらつく遺産相続だけでも大変だろうに、この家には代々受け継がれてきた老舗の暖簾《のれん》がある。

　技術や伝統、そして味といった、目に見えるようでそうではない無形の財まであるのだ。

「それに、お二人は当家の長男長女なのに、家業を継がずに出ていった。末の娘である私の母に婿を取らせて、お好きな人生を生きられた。ここが実家とおっしゃりたいなら、今からでも遅くない。家業を継いで戻ればいい。そのために本店だけは昔からの姿で残してありますよ。今からでも、暖簾を守り続けてくれている玄《げん》さんに弟子入りして、有栖川製菓の味と技術を受け継いだらいい。伝統をオートメーション化した私のやり方には、さんざんケチをつけたのだから――」

彼の小鳥遊を抱く手に力が入った。

しかし、それは有栖川がこれまで溜め込んできた憤りや悲しみの強さとしか感じられない。

激しい胸の鼓動の意味が、あっという間に変わってしまう。

――痛い。

「とにかく。私自身は、おばあ様名義のこの家や、本店には未練や執着はありません。伯父様たちが本店をきちんと継いでくださるのなら、すぐにでも家ごとお譲りします。一度真剣に検討してください」

小鳥遊は無意識のうちに、有栖川に寄り添っていた。

聞くだけで胸が痛くて、どうしようもなかった。

それが伝わったのか、有栖川が小鳥遊の腰を抱き直してくる。

少しだけ胸の痛みが和《やわ》らいで、心なしかホッとする。

「ただし、それ以外の会社は私の名義だ。私が立ち上げた私の工場だ。誰が何を言ったところで、権利を主張できるのは私と伴侶である遊だけだ。そのことだけは忘れないでくださいね」

そうしてこれまで思ってきたこと、言わずに我慢し続けてきたかもしれないことを吐き出しきると、有栖川は小鳥遊を連れて二階へ向かった。

緋色の絨毯が敷かれた、緩やかにカーブを描く階段を上がっていく。

「そうだ。遊」

「……何？」

まだ、二人が見ていたからだろうが、有栖川が当てつけがましくイチャイチャしてきた。

それこそ耳元に吐息がかかる距離で、熱っぽく呟《つぶや》かれる。

「ベッドが狭くなったから、天王寺に言いつけて買い換えてもらったんだ。気に入ってもらえると嬉し――っ、危ない！」

焦った小鳥遊が、動揺して階段を踏み外した。

咄嗟に伸びた有栖川の腕に支えられて、転落することはなかったが、いっそう強く抱かれて心臓が壊れそうになる。助けられるも、小鳥遊の頭の中は完全にショートしていた。

「大丈夫かい？　危なっかしいな」

「っっっっ」

「さ、しっかり摑まってて。私の遊――。最愛の人」

追い打ちをかけるように、その場で横抱きにされて、完璧な笑顔を向けられた。

と同時に、「ほら、ちゃんと合わせて」と冷ややかな視線で訴えられる。

――この男っタラシがっっっっ！

「う、うれしいよ。りょういち、さぁ～ん」

これはこれで有栖川のほうが階段を踏み外しそうな返事だったが、それでも彼は踏みとどまった。

小鳥遊を抱いたまま二階へ上っていき、足早に自室へ向かう。

そして二人の愛の巣となっている寝室へ入ってくると、

「はー。びっくりするほど大根だね。君はもう、無理に演技しなくていいから、私の話に合わせて頷くだけでいいよ」

有栖川は抱いていた小鳥遊を下ろしながら愚痴ってきた。

嗣子たちの手前、冷静にふるまってはいたが、かなり動揺していたようだ。

「いきなりベッドの話なんかするから、驚いたんだろう！」

小鳥遊は「俺は絶対に悪くない」と主張するが、有栖川はどこ吹く風だ。

それどころか、寝室の一角に視線をやって、

「昨夜のことを考えたら死活問題だから、入れ替えてもらったんだよ」

「四本柱の天蓋《てんがい》つき――。なんだこれ」

小鳥遊に入れ替えられたばかりのベッドを見せた。

いったいどこの王子様とお姫様が寝るんだよ――と言いたくなるようなベッドだ。小鳥遊には、これ一つで十分寝室に見えるし、ちょっとした秘密基地だ。

「キングサイズで、マットが二枚セットのタイプにしたんだ。これなら新婚偽装と床分けを両立できるだろう」

壁に寄せられたヘッド側以外の三面を薄絹のカーテンで覆われたベッドの中を、有栖川が得意げに披露してくれた。

開かれたカーテンの中から現れたのは、ロイヤルスイートルームでしか見ないような大きなベッド。枕も掛け布団も個々に使用できるよう、きちんと二人分が置かれている。

そして、片側半分には、なぜか縦長のクッション？　まで用意されていて――。

「これ、何？　イルカみたいな白いのが二つもあるけど」

両手に抱えてみると、かなり大きなイルカだった。

「君専用の枕だよ。仕切り用と抱く用。こだわりがあるといけないから、一応生地も二種類別々にしておいた」

一つはシルク地で、もう一つはシャーリングされたタオル地。小鳥遊の身長ほどあるそれの一つは、境界線として使用するらしいが、どっちも抱えて寝たくなるような肌触りだった。

小鳥遊としては、大変ありがたい心遣いだ。

しかし、なぜか今だけはムカついた。

「そんなに迷惑だったのかよ」

「おそらく君が、私に迫られるぐらい迷惑だったかな」

「わかりやすい比較をありがとう」

「どういたしまして」

ガチな男好きに、ここまできっぱり邪険にされると、小鳥遊は逆ギレと言われようが腹が立った。

存在そのものを迷惑がられているようで、手にしたイルカで彼の綺麗な横っ面を往復ビンタしたくなる。

「ふんっ。寝相が悪くて悪かったな」

さすがにそれはまずいかと思って、ベッドに向けて振り下ろした。

二度、三度、交互にバシバシやって憂さを晴らす。

「はぁっ」

そして八つ当たりを反省するように、もう一度抱きしめた。

それらは思いの外気持ちがよくて、両方抱えて寝てしまいそうだった。

＊＊＊

いざ就寝時間になると、小鳥遊は用意されたイルカに心から感謝した。

薄絹とはいえ、カーテンが閉じられたベッド空間内には、広々とした寝室にはない独特なムードかつ妖《あや》しさがあった。

ほのかに足元から照らされる間接照明が、いたずらに新婚ムードを盛り上げる。有栖川は、天王寺に取り替えさせたと言っていたが、この寝具にはどこか乙女ナイズされた雰囲気を感じた。寝具選びや新婚部屋の演出には、喜代の趣味も紛れ込んでいるのかもしれない。

それが証拠に、今夜は真新しいパジャマまで用意されていた。きちんとサイズも合わせてあり、袖を通したところで小鳥遊は有栖川とお揃いであることに気づいて発熱しそうだった。

偽装結婚・新婚だからといって、どうしてここまでしなければいけないのか⁉

寝起きの場所を変えるだけで日当一万円はもらいすぎだと思ったが、こうなると割に合わない。羞恥プレイの連続だ。

小鳥遊は思わず両手にイルカを抱えて、堪え忍ぶ。心地よいそれに顔を埋めて、隣に横たわる男から、全力で意識を逸《そ》らした。

――はー。いつもはすぐに眠れるのにな。

昨夜は別々に寝たから、ソファであってもすぐに寝つけたようだ。のちに寝ぼけて一緒に寝たとしても、睡眠導入時にいなかったのでまったく気にならなかった。

閑静な高級住宅街だけに、車やバイクが走る音は聞こえない。隣家から響く騒音もない。

シンとした妖しげな空間の中で敏感に感じるのは、自分と相手の動作による気配、あとはちょっとした呼吸の音だけだ。

まるでこの世に二人しかいないような錯覚さえ起こしそうになる。

それが小鳥遊に変に意識をさせた。相手が女嫌いでなければ、おかしな危機感もないだろうが、そうでないから困りものだ。

「遊。まだ起きてる？」

「──何？」

ここで寝たふりをしても通じない気がして、小鳥遊はボソッと答える。

「君は、何も感じない？　こうしていて、変な気持ちになってこない？」

そう聞いてくると同時に、有栖川側の掛け布団がずれた。

小鳥遊は、抱えていたイルカを即座に二つまとめてベッドの真ん中に積み上げた。ささやかだが壁をつくる。

「越境するなよ。あれだけ迷惑だって言っといて」

「何もできずに見ているだけなら、それはただの迷惑だよ。据え膳《ぜん》どころか拷問だ。君だって、そそる人が一緒に寝ていたら、ましてや身体を重ねてきたのに何もできなかったら、そう思うだろう」

しかし、抱き枕のイルカ二つを積んだところで、相手が身を乗り出したらそれで終わりだ。壁が崩れるどころか、有栖川にとっては征服感や達成感を煽り、心が躍るだけの障害物だ。

あっという間に取り崩されて、小鳥遊はイルカに手を伸ばす。

「あんたと一緒にするなって！　返せよ、俺の抱き枕！」

「そんなに抱えたいなら、私を抱えればいいだろう。昨夜のように」

有栖川がイルカを自分の背後に回したものだから、それを取り戻そうとした小鳥遊の身体が必然的に有栖川の上に被さった。

「本当は、こんなものより私のほうがいいくせに」

焦って身を引こうとしたときには、彼の両腕が小鳥遊の身体をすっぽりと捕らえる。二人の間には胸下までとはいえ、掛け布団もかかっているのに、長い彼の腕なら余裕の抱擁だ。

小鳥遊は、藁《わら》にも縋る気持ちでイルカの一つを摑み寄せる。

「何言ってるんだよ。枕のほうがいいに決まってるだろう。柔らかいし、触り心地はいいし、何より危険性がまったくない」

だが、どう抵抗したところで、ここはベッドの上だった。

よほどの暴力でも振るわれない限り、何かあっても強姦されたと主張するのは難しい。

ましてや相手は、ハンカチ一枚でも敷いていれば和姦に持っていけそうな弁護士つきだ。

新妻役の労働契約に、絶対エッチなことはしないと入れなかったことも、小鳥遊には不利でしかない。

「駄目――。許さない。いいから、私を抱いて」

しかも、一番の問題は、やはり有栖川自身の存在感であり魅力だ。

持って生まれたルックスのよさから繰り出される甘い誘いは、雄の本能をも狂わせる。むしろ人が持つ理性を狂わせ、動物的本能をむき出しにしてしまうと考えるほうが、的確かもしれない。目の前には甘い水がある。それを飲みたいと思うかそうでないか、それだけだ。他に理由や屁理屈はない。

仮に飲んで腹を壊したとしても、飲まずに喉《のど》が渇いても、すべて自業自得だ。自己責任だ。

「有栖川っ」

短期間に相手を知りすぎて、出合い頭ほど拒否感が湧いてこないのも、逃亡の足を引っ張る。

「そろそろ君だって溜まっているだろう。同じ機能を持っているんだ。それぐらいわかるよ」

小鳥遊を捕らえた有栖川の両手は、休みなく背中から腰のあたりをゆるゆると撫でてきた。苦しいほどきつくなく、かといって逃げられるほど緩くもない抱擁は絶妙だ。これに虫酸《むしず》が走るほど嫌悪できれば全力で逃げるのだろうが、どうしてか肉体的に心地よい。悪くない感覚として認知してしまうから、手に負えない。

「やめろよっ。そんなはずないだろうっ」

小鳥遊は次第に有栖川のペースに巻かれていく。

真綿で首を締められるなどというたとえもあるが、今の状態がまさしく〝そんな感じ〟じゃないかと思えてくる。

有栖川の目は、手は、唇は、じわじわと小鳥遊を追いつめ責めてくる。

「なら、こっそりどこかで抜いてきたの？　まさか仕事中に？」

と、いきなり力を込めて抱いてきた。

有栖川の肩に力が入ると、小鳥遊はあっという間に身体の上下を入れ替えられる。

双方の掛け布団を乱して、組み伏せられるも、これが下半身に絡んで動きを鈍《にぶ》くした。小鳥遊は足をばたつかせるが、まったく効果がない。

それなのに――。

「嘘をついても駄目だ。ここだってこんなに――、ほら」

乱れて絡んだ布団の隙間から、有栖川の利き手が潜り込んで、小鳥遊の下肢を探ってきた。

頬を掠《かす》る唇の感触に意識を持っていかれた矢先に、急所を摑まれ身をよじる。

「んんっ、やっ」

パジャマの上からとはいえ、巧みにいじられ、なぞられ、それはすぐに形を変えた。

自分ではあまりいじることのない双玉から亀頭の先までを丹念にこすられ、腿《もも》から爪先が小刻みに震える。

身体中に散っていた欲望が一気に集まったのかと思うほど、小鳥遊自身が大きく硬く膨れ上がってしまう。

「嫌じゃない。気持ちいいだろう？」

このまますべてを委《ゆだ》ねて悦楽だけを得たい誘惑が、小鳥遊から抵抗力を奪っていく。

今の状況がいいか悪いかと聞かれれば、悪いに決まっていると思う。

だが、気持ちがいいか悪いかと聞かれれば、悪くない。

いい――と答える勇気はないが、悪いと言える意地もない。

「やっ、だっ……て」

気持ちはいいし、このまま絶頂感を味わいたいという欲求も増すばかりだが、それを認めて行き先もわからないどこかへ堕《お》ちていくのは嫌だ。

わがままと言われようが、それは怖い。快楽を求めるのが本能なら、その先にとてつもない危機感を覚えるのもまた本能なのだろう。

「そんなっ。やっ――っ」

小鳥遊は、小鳥遊自身を手玉に取る有栖川の肩を力いっぱい押した。

だが、それと同時に全身を快感が走った。

一点に集められた欲望が放たれ、これまで感じたことのない愉悦が小鳥遊のすべてを奪う。

どうしようもない快感に、それに悦《よろこ》ぶ自分に目眩《めまい》がする。

それなのに、疲労感さえ覚えている身体を有栖川がそっと抱いてくる。が、これが気持ちよくて、泣けそうだ。

「ひどっ……。こんなの契約違反だ。もう、解消っ。離婚だっ」

抗議をしているようで、すねているようにしか聞こえてこない自分の声や口調に、小鳥遊はますます泣きたくなってくる。

どんなに睨みつけても、微笑む有栖川には太刀打ちできない気持ちにされる。

「交わした契約書に、キスをしないなんて記載はしてないよ」

しかも、弱りに弱ったところで、こめかみに。そして額《ひたい》にキスをされる。

「触れたり、抱いたり、奪ったりしないなんて記載は、どこにもない」

「――有栖川っ」

髪を撫でられ、頬や腕を撫でられ、わずかに残った反抗心まで溶かされていく。

「そんな色気のない呼び方はやめて。ちゃんと名前で呼んで」

こいつはどうしてこんなに優しく、そして気持ちのいい存在なのか、小鳥遊にはわからない。

せめて胸中で、これだから軟派な奴は、タラシな奴はと悪態をついてみるも、実際口をつくことはない。

「ほら、早く」

「やっ……」

唇を奪われているわけでもないのに、思うような文句も出ない。

せめて反撃のときを待つように、力の抜けた身体にそれが戻るのを待つように身を固めているも、有栖川はすでに次の行動に移っている。

「でもまあ、そうやって意地を張っているところも可愛いか。私の遊」

「やっ、も……これ以上はっ」

改めて抱きしめられて、そして利き手を取られて、抵抗する。

だが、まったく振りほどくことができないまま、小鳥遊の手は重なり合う身体の下のほうへと引っ張られていく。

「そんなつれないこと言わないで。私自身もこんなになってるんだよ」

パジャマの上からとはいえ、突然確認させられ、小鳥遊の全身が震えた。

誘導された手のひらには、すでに頭を持ち上げ始めた有栖川自身が当たっている。

——何、これ。

記憶している自分のそれとは違う気のする感触に、小鳥遊は動揺した。

自身に触れているときは、触れられている感覚のほうが強いためか、触っている感覚が非常に薄い。自身を視覚的に記憶することはあっても、感触のほうはあまり記憶に残っていないのかもしれない。

そのため小鳥遊は、妙な好奇心に駆られた。

そもそも他人様のものに触れるのは初めてだが、自分のものもよく覚えていない。総じて、初めて知る感触のような気がして、自然と興味が湧いてしまったのだ。

「……熱い？」

ここはこんなに熱くなる部分だったのだろうか？

自ら触れにいくと、有栖川は艶やかな溜息を漏らした。

「そう。君を欲してるって証拠だ。もう、自分ではどうにもできない。苦しくてたまらない」

わざとらしい、それでいて甘ったるい言い方だった。

こんな台詞《せりふ》や仕草がまかりとおる男は、そうそういない。異性相手ならまだしも、同性相手だというのに――。それはわかっているのに、受け入れてしまう自分に駄目さを感じる。

「嘘つけ」

「嘘なんかつかないよ。君には最初から、なんでも正直に言ってきたはずだよ。ほら、もっとしっかり確かめて」

こんなことに乗せられるなんて、きっと相手をつけ上がらせるだけだろうに、

「っ、大き……」

小鳥遊も馬鹿正直に反応してしまう。

ここは、こんなに硬くて、大きく形を変える部分だったのだろうか？　と。

これればかりは個人差もあるだろうが、それにしても――だ。

「何？　どうしたの」

わかりきった問いかけに、憎らしさを覚え始めた。

「なんでもない」

「だったらもっと……して」

ある意味正気が戻ってきた気がしたのに、それはすぐに抹消された。

触れていた手に手を添えられ、きゅっと握られた。

そのまま動かされて、彼の好みを教えられていく。

「――っ」

「頼むから、もって強く、たくさんかまって。シロたちよりかまってもらえないなんて、私が可哀想だろう」

こうして、ああしてと、彼の感じる愛し方を、自らの利き手に教えられる。

それに反応する有栖川自身に煽られて、どうしてか自分まで興奮してしまう。

――おかしい。

気持ちのどこかでそう思っているのに、小鳥遊は一瞬先に見せるであろう彼自身の変化が知りたくて、そのままいじり続けてしまった。

「そう、いい。上手だよ。遊」

悦ぶ男の囁《ささや》きに、加速がかかる。

このままイッたら、この男はどんな顔をするのだろう？　どんなふうに達するのだろうと、興味の矛先まで変わってくる。

しかし、

「――遊。いい加減にして」

少し焦《じ》らしすぎたのか、それとも下手だったのか、有栖川が怒ってきた？

「んっ……っ。なんでぇ。こんなになってるじゃん」

自分でさせといて、それはないだろうと、いっそう強く揉みしだく。

だが、その手は摑まれて強制終了。小鳥遊はますます事情が呑み込めない。

「だから、いい加減にしてくれ。寝ぼけるにしても、ここまでいじり回すのは勘弁してくれって言ってるんだ！」

「ひっ!!」

越境していたのは、今夜も小鳥遊のほうだった。

そう気づいたときには、有栖川の目が本気で怒っていた。頬も赤らみ、心なしか目の下にうっすらとクマまでできている。

「え？　え？」

あれほど心地よく抱いていたはずのイルカの一つは、ベッドの下へ放り出されていた。

仕切り分はそのまま置かれていたが、それがかえって越境の動かぬ証拠になっている。

どうやら小鳥遊は両手両足を駆使して、今夜も有栖川を雁字搦《がんじがら》めにしたらしい。

それだけなら有栖川も多少は耐えたかもしれないが、さすがに急所を摑まれたところで抵抗したようだ。

どうして彼のパジャマだけが乱れているのか、怖くて理由も聞けないし、想像もしたくない。

——手、手にアレの感触が。

いっそ丸ごと夢ならいいのに、小鳥遊の手には言葉にならない感触が記憶されてしまっている。それもうやむやにできないほど、はっきりとだ。

「ここまで君の寝相が悪いとは思わなかったよ。こんなことなら、新婚演出にこだわらないで、シングルベッド二つにすればよかった。いいや、シロたちの寝床を買わずに、君専用のケージを買ってきてもらうんだった」

「ひどっ！　そんなに怒らなくてもいいだろう。ちょっと寝ぼけて抱き違えただけじゃないか」

有栖川の言い分は正しかった。

立場が逆なら、今頃彼をぶん殴るか、ベッドから蹴り落としているだろうだけに、小鳥遊には言い訳の余地もないという実感もあった。

だが、それでもいざとなると、少しでも罪を軽くしたくて、言い訳してしまうのが人間だ。ある意味、動物化して本能のままに行動してしまった夢からは、すっかり覚めたらしい。

「抱き違え？　だったら君はいつも、抱き枕相手に盛ってるの？　もしかして、そういう性癖？」

開き直ったのか、ふてくされたのか、前が開《はだ》けたパジャマを閉じもせずに、有栖川が重ね枕を背にふんぞり返った。

美人が怒ると迫力が増すではないが、美形な男でもそれは同じだ。その上、変な色気までプラスされると、余計に目のやり場がない。

しかし、不名誉な誤解だけはされたくない。小鳥遊は思わず身体を起こして正座した。

「誰が性癖だ！　誰が盛るか！　昨夜も今夜も夢見が悪かっただけだ。それに、普段は誰にも遠慮なく一人で寝てるんだから、隣に誰かいることに慣れてないいんだよ。理解しろよ、それぐらい！」

すべて、突然変えられた寝床の環境が悪いと主張する。

だが、それを聞かされた有栖川はプッと噴くだけだ。

「何それ？　可哀想」

「なんだって？」

「ずっと独り寝だった。寂しかった。童貞だったたって意味だろう」

更に不名誉な決めつけをされて、ぶち切れた。

これには小鳥遊も容赦がない。彼のパジャマの胸ぐらを掴んで、引き寄せる。

「違うっっっ!!　話をねじ曲げるな！」

「そんなに必死で言い訳しなくてもいいよ。別に私は気にしないし、差別もしないよ」

「意味がわかんねぇよ！　ってか、さすがに童貞の濡《ぬ》れ衣《ぎぬ》は着せるな。これでも彼女の一人や二人はいたよ。最近ご無沙汰《ぶさた》なだけで、年相応の経験ぐらいしてらぁ！」

あまりに頭が沸騰したのか、普段なら絶対に口にしないようなことまで、自らバラした。

さすがに、振られた理由が「起き抜けに自分より綺麗な顔があるのは凹《へこ》むの」「花嫁より美しいなんて言われるあなたを、この先新郎側に立たせて自分が新婦になる自信がないのよぉぉぉ！」

という、なんともな女心と自尊心のためだった――までは言えなかったが。

それでも二十四の男が、未経験だとは思われたくなかった。

相手が経験豊富そうな有栖川だけに、尚更だ。

差別はしないよって――してるじゃねぇかよ！　という話だ。

「何そんなに必死になってるの。別に、今がフリーなら私は気にしないよ。昨日まで交際相手がいたって、今日この瞬間がフリーなら問題なし。だから、安心していいよ」

「なんの話だよ」

「素直に言えばいいじゃないか。私のことが好きになったって」

「は⁉」

しかし、小鳥遊の激怒も言い訳も、なぜか一分もしないうちに、どうしてそうなるんだ⁉　という話に転がされていた。

「寝ぼけたふりをして二度も誘うなんて、いけない新妻だ」

胸ぐらを摑んで引き寄せたことが災いし、小鳥遊は顔を前に出しただけの有栖川にチュッとキスをされた。

それだけでも心臓が破裂しそうなのに、一瞬固まった小鳥遊に対して有栖川は、

「でも、そこが可愛い」

力強く唇を押しつけ、フレンチキスをしてきた。

突然入り込んできた舌に舌を搦め捕られて、小鳥遊は悲鳴も上がらない。

「っっっっっ」

半ばパニックに陥り、手元にあったイルカを摑んで振り回した。

「そんなわけねぇだろ!! うぬぼれるのも大概にしろ!! 一度ならず二度までもキスとか、ありえないし！」

混乱しているのをいいことに、バシバシバシバシと有栖川の腕や身体を叩いた。

その都度、イルカのボディーが反ってしなる。

ご主人様たちのただならぬ様子に、シロやトラたちも起きてしまった。もそもそと寝床から這《は》い出てくる。

「ちょっ、その言い方はおかしいよ。誘ったのは君のほうだし、キスだって先にしてきたのは君だろう」

「俺のは無意識！ あんたのは嫌がらせ!!」

「ひどいな。さすがに嫌がらせでするほど、私の唇は安くないよ。好意がなければできないよ。こんなこと――」

「んっっっっっ!!」

三度目の正直なのか、二度あることは三度あるのか――。

小鳥遊は力の入ったキスをされて、イルカさえ振り回せなくなった。

ベッドの下では落とされたイルカにシロとクロが甘噛み、ブチとトラは爪を立てて猫キック。朝から超ご機嫌だ。

不機嫌になっているのは小鳥遊ぐらいなものだ。

「どうしようか。ますますその気になってきた。君のようなタイプは付き合った経験がないから、愉しくなってきた」

「素人で遊ぶな！　これ以上何かしたら、即座に出ていくからな！」

小鳥遊が今一度イルカを振り上げ、有栖川目指してぶん投げた。

ひょいと躱《かわ》されたそれがカーテンのかかったベッドゾーンから飛び出し、寝室の扉近くにぶつかった。

ぼすっ！　と、叩きつけられた音に「きゃっ！」と声がする。

「!?」

「？」

突然何かと顔を見合わせたところで、改めて扉をノックする音が響く。

有栖川が怪訝そうに「はい？」と返した。

「朝からごめんなさい。ちょっといいかしら」

扉越しに聞こえてきたのは嗣子の声だった。

壁にかかった時計を見ると、まだ六時前だ。何事かと思う。

「何ですか、いきなり」

病院で何かあったのなら、直接有栖川のところへ電話がかかる。

それ以外でも大半なら直接かかってくるだろうし、もしくは家の電話が鳴るはずだ。

嗣子が声をかけてきたのは私用だろう。有栖川は、乱れた髪をかき上げながらベッドを下りた。

扉を開きに行くが、迷惑そうな表情はいっさい隠さない。

「――っ」

ただ、有栖川はパジャマの前を閉じるのを忘れていた。

セクシーすぎる甥の姿に、嗣子が両目を見開く。

小鳥遊には一瞬だが、意地悪そうな彼女の目つきが、ただの乙女になったように見えた。

「失礼。けれど、少しは気を利かせてください。こっちは新婚なんですよ」

有栖川も慌てて前を閉じた。

嗣子も気まずそうに有栖川から視線を逸らすと、そのままベッドから顔を覗かせていた小鳥遊を睨んでくる。

「そ、それは失礼したわね。次からは気をつけるから、早く遊さんを下へ来させてちょうだい」

「遊？」

「俺？」

いきなりの指名に声が揃った。

「そうよ。あなた、この家に嫁いだのなら、最低でも喜代と同じ時間には起きて、まずは朝食の支度をしなさいよ。この際性別はどうであれ、嫁なら嫁らしく家事をきちんとしてもらわなかったら困るのよ」

「は⁉ 家事ですか？」

小鳥遊の声が裏返る。

「そう。私がここにいる間に、有栖川家の嫁としての躾《しつけ》をきっちりとして差し上げますから、そのつもりでいて。いいわね。わかった？ わかったらすぐに着替えて下へ来なさい」

「ちょっ！ 何をいきなり言い出すんですか。勝手なことを決めないでください。遊は私の妻だ」

何か話が、ますますおかしなことになっている。

これには小鳥遊よりも有栖川のほうが驚いて、抗議する。

だが、小鳥遊からしてみれば、いちいち「嫁」を連呼するなと言いたい。

「いいえ。有栖川の嫁です！ これでもお兄様と一晩考えて、お前たちの仲をまずは認める努力をしようって決めたの。この年になって、初めての妥協よ。でも、認めるにはそれなりの嫁でなければ、ご先祖様に申し訳がないでしょ。そのための花嫁修業よ、文句ある⁉」

「そんな、勝手な」

「男は黙ってなさい!! これは家を守る主婦同士の問題です！」

「――」

嗣子の迫力に負けて、有栖川が黙った。

しかし、小鳥遊からしてみれば、俺だって同じ男だ。しかも、他人だ。これ以上、お家騒動やら主婦のゴタゴタに巻き込むな！ と言いたい。

言えるものならば――。

「私のお母様も、そしてお前の大事なおばあ様も代々こなしてきた女の務め。嫁の役目よ。いいわね、遊さん。あなたも諒一を愛して、一緒にこの家を守っていくなら、必要最低限の役割は果たしてちょうだい。いつまでも寝てないで、起きて家事をしなさい！」

結局逆らう術がないのは、小鳥遊も同じだった。

嗣子は「ふんっ」と顔を背けてから、扉を閉めて部屋を立ち去った。

「なんなんだ？ いきなり」

これは有栖川にとっても、想定外だったらしい。

もともとここが母親の生家だった上に、祖母に育てられた有栖川には、世間一般の嫁姑《しゅうとめ》問題は無縁だ。そもそも「女嫌いだ」と言っているところで、一生縁のないものと思っていたかもしれない。

だが、ここに来て勃発《ぼっぱつ》だ。

小鳥遊はベッドから下りて、イルカの抱き枕二つを取りに行く。

「ようはあんたに言われて、気がついたんじゃない？　そもそも有栖川家の財産の大半が、あんた名義の工場やらそこでの稼ぎが中心だ。この屋敷や手作りメインの本店をもらったところで、以前の相続と大差ない。結果的に屋敷や本店が維持できなかったら、一時金が入ったとしても、親戚中から叩かれる。自分たちだけでなく、子々孫々叩かれる羽目になりかねないし、それこそご先祖様にも顔向けできないことになるって」

拾ったイルカをベッドに戻して、簡単ではあるがベッドメイキングも施した。

四匹はお気に入りとなったイルカを取られてベッドへ登ろうとしていたが、それができたのはブチとトラだけだ。シロとクロは、それなりに高さのあるベッドには登ることができなくて、小鳥遊の足に絡みつく。

小鳥遊が二匹を一緒に抱き上げると、至極満足そうに鼻を鳴らした。

「それできっと、目先を変えたんだよ。まずはあんたの配偶者的な立場の俺をここから追い出して、そのあと一人になったあんたをどうにかしよう。どうするかはこれから考えるにしても、まずは俺って人間が相当邪魔だろうしね」

子犬を抱える姿には和むが、話の内容はかなり物騒だ。

「だとしたら、呆れてものが言えないな。私に何かあっても、彼らの自由になるものはない。遺産はすべて動物愛護団体に寄付って決めてるんだから」

「それでも血縁者、法的相続人は残る。死人に口なしだよ」

犯罪までは起こったことがないのが、有栖川家のお家騒動だ。

小鳥遊が尊敬する事務所の香山社長はそう言っていたが、確かに嫁イビリならボディーガードは必要がない。いたとしても、なんの役にも立たない。

だが、だからこそ、どす黒い陰謀を感じてならないのが、ご指名を食らった小鳥遊だ。子犬たちを有栖川に手渡すと、自分はさっさと着替えの準備を始める。

「いっそ、今のうちに君と養子縁組をしてしまおうかな。渋谷区に駆け込んだぐらいじゃ不安だ。奴らに持っていかれるぐらいなら、私の財産管理は君に任せるよ。少なくとも、この子たちは幸せに暮らせるはずだ」

「今度はこっちが枕を高くして眠れないよ。だったらいっそ、根底から他人の財産を諦めさせたほうが安心だ」

着替えを用意し、寝室から続く洗面所へ移動した。

ここは脱衣所も兼用してあり、更にはテレビやスチームバムまで完備されたバスルームへ続く。

有栖川の私室は、ホテルでいうところのスイートルームそのものだった。寝室と書斎にバス・トイレ・ミニキッチンが完備されているので、ここで生活がまかなえてしまうつくりだ。

契約中はここから出たくないのが小鳥遊の本心だが、そうも言っていられない。

「行くことないよ。付き合う必要はないって」

着替えて下へ向かおうとしたところで、有栖川に止められた。

しかし、部屋の下からは、

「喜代！　早く遊を連れてらっしゃい！」

やる気満々の嗣子の声が響いてきた。

「俺が行かなかったら、喜代さんが八つ当たりされるよ。それに、どんな修業だか興味があるから、この際受けてみる」

「遊」

こうなったらこっちもとことんやってやるぞと言わんばかりの小鳥遊の様子に、有栖川はかなり不安そうだ。

彼の腕の中にいる、シロとクロもただならぬ気配を感じてか、黙って二人の顔を見上げている。

「その代わり。俺が失敗していじめられたら、お前はちゃんと俺を庇えよ。一般的にはそれができなくて嫁に逃げられる夫のパターンが一番多いからな」

朝からイルカを飛ばすほど揉めたことなど、こうなるとどこ吹く風だ。

敵対する同士を結ぶには、共通の敵を与えるのが一番だというが、まさにこれがその状況だ。

「――了解」

自ら「嫁」を名乗った小鳥遊は逞《たくま》しいばかりだったが、代わりに「夫」への責任要求も忘れなかった。

有栖川は先に小鳥遊を出すと、自分もすぐに着替えて一階へ下りた。

5

有栖川家の嫁となった小鳥遊に与えられた最初の試練は、朝食作りから始まった。

「嫁の務め、その一。朝食の支度。家にいる者の全員分、感謝を込めて作ること。メニューは焼魚。煮物。卵料理。小鉢。御飯。味噌《みそ》汁。香の物。これらを六時半にはテーブルに用意し、皆を呼ぶこと。――って、これ揚げ物がないだけで、ほぼフルコースじゃないか！」

嗣子は「まずは、これからよろしく」と言って、指示書のような紙を突きつけてきた。

その一から、いったいいくつあるのかわからないが、こうして読んでいる間にも新しい指示書が作られている可能性はある。

それが証拠に、嗣子は一緒にキッチンへは立たなかった。

喜代には「絶対手出しをするな。キッチンと食材の説明だけしたら、すぐに自分のところへお茶を持ってくるように」と命じて、今は客間にこもってる。

やはり、嫁イビリ用の家事や難癖をつけるための指示書作りに忙しいが、正解そうだ。

「ざけんな！　ここは旅館か高級和食処《どころ》か？　しかも、こんなの一から作って三十分以内に出せって、無理に決まってるだろう。そもそもこんな素晴らしい洋館に来て、朝からあじの干物が食えると思ってるのか⁉　煮物って芋の煮っ転がしでもいいんだよな⁉　だったら近くのコンビニで全部買い揃えてやるぞ。確かこの一角にあったはずだもんな」

　腹が立つので、その一の紙を、大理石製の作業台へ叩きつけた。

「遊様」

「すみません。言ってみただけです。とりあえず、冷蔵庫の中を見ていいですか？」

　一通り騒いで文句を言ったら気がすんだようだ。

　小鳥遊はオロオロする喜代に、まずはキッチンを物色するために断りを入れる。

　アイランドキッチンを中心に十二畳ほどあるキッチンには、大型冷蔵庫や冷凍庫、キッチンストッカーで壁が埋まっている。

「――ええ。どうぞ。食材などは常に三日はまかなえるよう、また急なお客様がいらしても対応できるようにしてあります。あと、食器もお鍋も、ここにあるものはご自由に。何か失敗しても、この喜代があとで片づけますから、気になさらないでご存分にどうぞ」

　代われるものなら代わりたいが、それができない喜代は、小鳥遊に大型冷蔵庫や予備の冷凍庫の中を説明してから、お茶の支度をし始めた。

「ありがとう。心強いよ」

「いいえ。あと、いざとなったら裏口からコンビニへ向かってくださっても、大丈夫ですからね。ここにお財布と自転車の鍵を置いておきますから」

　思わず噴いてしまいそうなほど、至れり尽くせりだった。

六時半――。

小鳥遊に呼ばれた有栖川や喜代たちは、ドキドキしながらキッチンから続くダイニングルームへ入った。

十二人がけのテーブルには、現在この屋敷内にいる大人六人分の朝食がきっちりと用意されている。席には有栖川と肇と嗣子、天王寺と喜代と庭師兼任の運転手が、小鳥遊に案内されるまま着席した。

ただ、この場に小鳥遊自身の食事はなかった。

これは、食べながらでは完璧な世話ができない。イコール、売られた喧嘩がとことん買えないという理由から、あえて自分の分を用意しなかった。

すでにつまみ食いですませてしまったのだ。

「急なお申しつけでしたので、アメリカン・ブレックファーストで代用させていただきました。一応、都内の高級ホテルで出されているメニューを参考にしてありますので、こちらのコースでご容赦ください」

テーブル上には、言葉どおりの朝食がずらりと並んでいた。

有栖川家の冷凍・冷蔵庫には、来客を意識してか、かなりの食材が揃っていた。

用意しようと思えば和食もできたが、小鳥遊はあえて指示書を無視することにした。

「洋食？」

「飯はどうした。飯は炊いてあるだろう？」

「これから一時間ほどお待ちいただけるのでしたら、ご用意します。そうでなければ、俺が納得のできるコース、特に煮物がお出しできないんです」

理由は簡単だった。言葉どおりだった。

さすがにコンビニエンスストアには駆け込まなかった結果なので、仕方がない。

一応とばかりに文句はつけたが、嗣子たちの前にはすぐにでも手をつけたくなるような、アメリカン・ブレックファーストが並んでいた。

表面がカリッと焼かれたベーコンステーキに、美しく焼き上がったスクランブルエッグ。

みずみずしい葉野菜とフレッシュトマトの彩りが美しいサラダ。

パンは冷凍タイプのロールパンとクロワッサンだが、ちょうどいい焼き上がりに仕上がっている。

そして、一手間かけたとわかるオニオンスープからは程よく湯気が立っており、匂いに負けて肇たちのお腹が鳴った。

「これでいい。今日のところは許してやる」

「明日は和食にしてね」

「承知しました。ありがとうございます」

朝日を浴びたシルバーのカトラリーが、小鳥遊の笑顔と相まって、キランと光る。

有栖川や喜代たちは驚きが先行しているのか、言葉が出ない。

「スープがまだお熱いので、お気をつけください。パンはお好きなものを選んで、お手元へどうぞ。バターとジャムはこちらから」

その後も有栖川たちが唖然としている間に、小鳥遊はグラスに冷水を出し、それ以外にもミルクとフレッシュジュースとウーロン茶を用意していた。

ここはいつからホテルのレストランになったのだと、錯覚しそうなぐらいだ。

「サラダのドレッシングはどれになさいますか？　こちらにお好みのものがなければ、この場でお作りすることもできますが」

しかし、モーニングタイムでここまでしてくれるレストランには、有栖川も行ったことがない。

ディナータイムでも、オリジナルドレッシングを作ってくれるところは、なかなかない。

「いきなりコックの真似事？　それとも、できる嫁ですってアピールのつもり？　嫁は出しゃばらないのも鉄則よ」

「そういうわけでは――」

嗣子には突っかかられてしまったが、小鳥遊にしてみれば特別なことではなかった。

宴会ではまずしないし、国内のレストランでもあまり聞かないサービスだ。

しかし、フレンチの本場であればこの程度のサービスを接客の一部として行うシェフ・ド・ラン——最高の給仕の称号を持つ者を置いている店は、それなりにある。

シェフやソムリエより権威を持つシェフ・ド・ランも少なくないぐらいだ。

そして、香山配膳にも社長を筆頭に、本場でこのシェフ・ド・ランの称号を得ている者が、数多くいる。小鳥遊もその一人で、大学を出てからすぐにパリ留学をしている。

「まあ、いいじゃないか、嗣子。俺は作ってもらうよ。連日、心身共に疲れているし、思えば披露宴の料理も食べ損ねた。そのあたりを考慮して、是非うまいものを頼む。それこそ高級ホテルで食べられるようなものを。ただし——俺は体調を考慮し、油と塩を摂《と》らないようにしている。酢のものはすべて苦手だから、そこを踏まえてくれ」

朝食の準備をさせたぐらいではイビリにならないと悟った肇が、ニヤニヤしながら言ってきた。ドレッシングをオーダーするというのに、嫌がらせとしか思えない内容だ。

「あ、私も同じ。ほら、年も年だからね」

これはいいとばかりに、嗣子も便乗した。

あからさますぎて、これには有栖川も眉《まゆ》をつり上げた。ここは夫としてフォローする気満々で、席を立とうとする。

だが、なぜか小鳥遊に制された。

「さようですか。では、ご滞在中のお食事も、すべてそれらを控えるようにさせていただきますね。あ、天王寺さん。喜代さん。お食事中に悪いんですけど、お二人のメインとスープとクロワッサンを下げてくれますか？　油と塩が多いので。ロールパンは——まあ、大丈夫でしょう」

「何⁉」

「え？」

慌てる肇と嗣子を無視して、小鳥遊がにっこりと微笑んだ。

「あと、喜代さん。本当に申し訳ないんですが、温泉卵と鶏のササミか胸肉、または白身魚の蒸したものを至急お願いします。それから、薬味になるものと大根おろし。今後の食事についても、油と塩と酢、あ……柑橘《かんきつ》系もいっさい抜きでいきますから。バターも無塩のものと取り替えてください」

「承知しました。すぐにご用意いたします」

嗣子たちからメインディッシュを下げていく喜代と天王寺が、いつになく笑顔だった。運転手など肩を震わせて笑いをこらえており、有栖川に至っては、

「今朝のベーコンステーキは格別だね」

ひときわ大きく切り分けたベーコンを口へ運んだ。数段上を行く意地悪さだ。

「ちょっと！　なんなんだ、それは。俺は病人じゃないぞ！」

目の前でベーコンを頬張られて、さすがに肇が声を上げた。

「しかし、未病のために自ら摂生されているんですよね？　お嫌いな酢のものはともかくとして、

油と塩は」

「それはそうだが」

「素晴らしい健康管理ですね。油はともかく、塩は料理の核となる味です。それを減塩でもなく、まったく摂らずに過ごされているなんて、よほど強靱《きようじん》なご意志がなければできません。塩結《むす》びが一番好きな自分が恥ずかしいぐらいです。尊敬いたします。伯父様」

わざとイチャイチャしてみせるのは苦手でも、この手の会話なら朝飯前だ。小鳥遊は、ここぞとばかり営業用スマイル&トーク炸裂で男心をくすぐりまくる。

しかも、一度持ち上げたら、とことん持ち上げ続けるのが小鳥遊のモットーだ。

「ま、まあな」

「お兄様っ！」

「勝手に同意したのは、お前だろう。健康管理は自己責任だ」

「――」

嗣子は引っ込みがつかなくなって、黙ってパンを口に運んだ。

せめてバターをたっぷりと思ったところで、無塩ではなかったために下げられている。

きっと今こそ後悔先に立たず、あとの祭りの意味を噛みしめていることだろう。

しかし、小鳥遊はそれを見ながら、

「では、ドレッシングを作らせていただきますね」

この場に用意していた香辛料などの材料を調合して、二人用のドレッシングを作り上げた。

酢に油に塩を抜くとなったら、すでにドレッシングとは呼べないかもしれないが、これはこれでそういうものとして提供する。

「少々スパイシーかもしれませんが」

「何、この粉？」

「ただのカレー粉じゃないのか？」

「それに近いかもしれません。ウコンをはじめとする漢方や香辛料を使ってブレンドしたので。少しずつ振ってみて、ご自身のお好みで召し上がってください」

二人の前に置かれたのは、パウダー状のものだった。

全体的に黄色味がかっていたのでカレー粉のように見えたが、実際口に運ぶとそうでもない。

酸味のものも抜いているはずだが、爽《さわ》やかな口当たりで、適度に辛みも感じる。野菜本来の甘みやうまみが増していた。

「ふむ」

「意外。悪くないわね」

「そもそも味は、見た目と嗅覚《きゆうかく》が八割を占めます。実際舌で感じるのは二割程度ですから、これはこれで好みに合えば、塩分をカットしてもうまみそのものは感じられると思います。食器も素晴らしいし、野菜そのものの鮮度もいいですからね」

肇と嗣子は説明を受けながら、野菜をもりもりと口へ運ぶ。

そうしている間に、喜代がただの温泉卵と白身魚を蒸しただけのものを運んできた。

「お待たせしました。あの、こちらでよろしいのですか？　遊様」

「十分です。次からは大葉や七味もあると、なお嬉しいかな」

「承知しました」

喜代は小鳥遊に言われた薬味なども別皿に用意してきたが、厚切りのベーコンステーキを見たあとだと、やはりもの悲しい。

それでも肇たちは、小鳥遊の丁寧な配膳と、薬味や特製パウダーの組み合わせで、いろんな味が楽しめることを説明されて、その後も出された食事を口へ運んだ。

「急なことで、メニューがちぐはぐになってしまいましたが、これ以降はきちんとしますので」

「ああ」

「そうして」

「追加のロールパンも焼き上がりましたが、お代わりはどうされますか？」

「いただくわ」

「俺もだ」

小鳥遊のつきっきりのサービスに気をよくし、前に置かれたものだけを黙々と食べ続ける。

「コーヒーと紅茶は、どちらになさいますか？」

「コーヒーで」

「私はレモ……、ミルクティーでお願い」

「かしこまりました」

誰もが聞かないふりをしたところもあったが、それでも穏やかな時間の中で朝食が進む。

「こちらは季節のフルーツ寄せになります。ヨーグルトとバニラアイスもございますので、どうぞお好きな組み合わせで。あ、ヨーグルトの酸味が気になるようでしたら、アイスだけでどうぞ」

「――ありがとう」

最後はきっちりデザートまでいただき、全員が満足した。

最初はどれほどギスギスした朝食になるのかと危惧をしたが、いい意味で裏切られたと有栖川は思った。

喜代や天王寺たちも、それは同じだ。

「では――。申し訳ありませんが、俺はこれから仕事なので失礼します」

そうして気がつけば、時計の針は八時を回っている。

「仕事？」

「はい。共働きなもので」

笑ってその場を去ろうとした小鳥遊に、何かハッとしたように嗣子が席を立った。

「ちょっと、待ちなさい。このあとも嫁修業よ！　ここを片づけたら、屋敷の大掃除よ。まずは庭の草むしりからよ」

「でしたら今日のところは、お休みをとられている諒一さんに言ってください。共働きなので家事は折半。互いの仕事には一切口は出さない。これが婚姻時の約束ですので」

大方予想はしていたのか、小鳥遊もしっかりと返事を用意していた。

「なんですって！　そんなことがまかりとおると思うの！」

「せっかく伯母様がいろいろと教えてくださるのに申し訳ないのですが、俺にも勤め人としての社会的な立場があります。それもこれからは〝有栖川家の人間〟として見られますから、世間体を守るのも嫁の大事な務めかと。――そうですよね、伯父様。ここは同じ男同士です。男の職場は戦場。常に七人の敵がいると、ご賛同いただけますよね」

まずは二人のうちの一人を切り崩す。

「そっ、それは、そうだな」

「お兄様っ」

「うるさい。男には男の世界がある。仕事なら仕方ないだろう」

「家事だって立派な仕事です！　そうやって女の仕事を馬鹿にするつもり！」

「そういうことを言ってるんではない」

「言ってるじゃないよ!!」

団塊世代に近い肇と嗣子なら、このあたりを突くのが一番効果的だ。

二人の間には、小鳥遊のもくろみどおり、細やかながら亀裂が入った。

「とにかく。いきなり予定は変えられないので、嫁修業のご指導は、家にいる時間帯のみでお願いします。あと、病院の面会時間は基本的には午後からですが、ＩＣＵに入っている間は朝からでも伺うことができるそうですね。私も仕事が終わり次第向かいますが、それまでどうかおばあ様のお見舞いと諒一さんのことをお願いしますね」

すかさず言葉を足して、逃げる用意だ。

「本当、伯父様と伯母様がいてくださって心強いです。では、行ってきます」

「だったら土日は大掃除ですからね！」

それでも最後の最後まで、嗣子が食いついてきた。

「生憎土日こそ、朝から晩まで仕事です。こう見えても売れっ子なんで、すでに年内の土日祝日は休みなしですね。本当、諒一さんの理解があって助かってます」

「ちょっ、それって立派なブラック企業じゃないのよ」

小鳥遊の仕事内容を知らなければ、大概はそう思う。仮に知っていても、小鳥遊ぐらい出勤率がよければ、ブラック企業に勤めていると思われても仕方がない。

ただ、ここは事務所がきちんと調整しているので、仏滅に偏ることが多いが休みはある。

一年に何度か連休も取れるし、人並み以上時給の高い小鳥遊としては、まったく問題なしだ。

「主婦業以上のブラックはありませんから、お気遣いは無用です。それより伯母様こそ、ここにいる間ぐらいは、少しぐらいのんびりされてはいかがですか。ご自宅に戻ったら戻ったで、さぞ大変でしょうからね。命の洗濯をなさってくださいね」

「――」

とうとう二の句が継げなくなったのか、嗣子も絡むのをやめた。

小鳥遊は「では」とその場を去っていく。

「はぁ～。なんてご理解がある方なんでしょう。主婦業以上のブラックはない。主人に聞かせてやりたい一言ですわ。そう思いません？　嗣子様」

ここぞとばかりに喜代が天王寺をチラチラと見ながら、嗣子に同意を求めた。

天王寺にしてみれば、いいとばっちりだ。

「――お代わり！　味気なくて食べた気がしないわ。なんでもいいから、お代わり持ってきて！」

「承知しました」

さすがに同意こそしなかったが、嗣子は小鳥遊に作ってもらったパウダーで、サラダのお代わりをしていた。

有栖川はそれとなく席を立つと、この場は天王寺たちに任せて、小鳥遊のあとを追った。

そして玄関で追いつくと、

「仕事場まで送っていくよ。ついでもあるし」

「ああ。そう。なら、お言葉に甘えて」

自ら車を出して、共働き設定の小鳥遊を送り出した。

＊＊＊

そうでなくても多忙だった小鳥遊の毎日に拍車がかかってから、あっという間に一週間が経った。

行きがかりで有栖川家の花嫁にされたかと思えば、嫁イビリまで加わって、あれこれ家事を押しつけられる。日当一万円は案外妥当かと思えるような使われっぷりだったが、それでも小鳥遊の優勢は続いていた。小鳥遊の仕事が途切れなかったために、嗣子も必要以上の家事は迫れなかったからだ。

しかも、仕事柄小鳥遊は掃除の目が行き届いており、調度品の扱いにも慣れていた。嗣子が王道のごとく窓枠を指でなぞったところで、嫌みの一つが言えるような埃《ほこり》もない。

もともと喜代の手入れが行き届いていたのもあるが、そこに加わったプロの目が完璧なお屋敷状態をつくり上げており、どこを見ても褒めるしかできない。

よって、数日後には突っ込まなくなった。

では、別のことでと思い突っ込みどころを探すも、小鳥遊は幅広い年代に対して、また様々なシーンで接客をしてきたので、持ち前の知識や雑学は豊富だ。

会話を先読みして下調べを怠らない日々の努力も陰ながらしており、肇や嗣子たちの話にも、難なく対応していた。

当然その間も持ち上げ続けることへの手は休めないし、褒め殺さんばかりの勢いだ。

まるで北風と太陽の直接対決のようだった。

その上、簡単な調理なら小鳥遊の腕は、喜代も目を見張るほどだった。塩と油と酸味を絶った食生活を続けさせられたら、病人でもない肇と嗣子はかなりの打撃だ。

これに関しては最初から出鼻をくじかれた感はあったが、三日を過ぎる頃には、二人は見るからにエネルギー不足になっていた。小鳥遊が留守にしている時間帯の調理指示まで完璧だったがために、嗣子たちはランチだけは外食へ逃げるようになったほどだ。

だが、それで彼女たちが勝った気になれたのは、せいぜい三日だった。

時間の許す限り、最高のもてなしで食事をさせてくれる小鳥遊のそれに慣れると、好きなものを食べるだけでは満たされなくなってくる。

むしろ、自分たちのためだけに日々様々な工夫をして食卓を彩ってくれる小鳥遊プロデュースそのものが癖になってしまい、結局三食とも屋敷で食べるようになった。

「ご意志が固いのは十分理解してますが、多少の油や塩分は身体にとって必要なものです。なので、こちらはお身体のために召し上がってくださいね」

その上数日に一度、少量だが出される油ものと塩味のついた料理は、二人にとっては最高のご褒美になってしまった。完璧な飴《あめ》と鞭《むち》だ。それも塩飴だ。

何より、こんな状態だが、揚げ足を取っただけの嫌がらせに感じないのも、病人食というよりは健康食としての演出が徹底されていたからだろう。

おまけにこれを続けられた嗣子と肇には、見てわかる変化が起こった。

「肇様、嗣子様。少し、お瘦《や》せになられました？」

「ふむ。そう言われたらベルトが穴一つ分緩くなったな」

「私もなんだか服が緩いわ。新調しなきゃ！」

初日に小鳥遊から、丸卓のごとく転がされていたメタボリックな二人が、ワンサイズダウンしていたのだ。

心なしか身体が軽くなったためか、気持ちも足取りも軽くなった。

嫌みは相変わらずだが、それでもかなり可愛げのあるものに変化している。

小鳥遊は知り合って日が浅いので気づかなかったが、これには有栖川や天王寺たちが驚いていた。

人は優しくされると優しくなれるではないが、どんな嫌がらせも嫌みも完璧な笑顔と接客で返し続けられたら、いい意味で感覚が麻痺《まひ》するのかもしれない。

「男の嫁か――」

「問題は跡継ぎよね」

「こればかりはな」

「ええ」

いつの間にか二人の中で、問題の意味と方向まで変わっていた。

それも嫌みや嫌がらせから離れて、本気で悩まれた。

小鳥遊にとっては、ますます大問題だ。

成田離婚どころではない――。


そうして気がつけば七月も中旬に入っていた。

有栖川夫人は順調に回復しており、院内で歩行を増やすなどのリハビリも始めていた。

退院の目処《めど》こそまだついていないが、病状はかなり落ち着いた。比較的時間の融通が利く社長業の有栖川がこまめに見舞い、穏やかな毎日を過ごしている。

「遊、待って。送っていくよ」

イルカの抱き枕二つでは小鳥遊の越境が抑えられず、夜な夜なソファに移動することで難を逃れている有栖川も、夫としては完璧だった。

彼は彼で、もともとこの手の気遣いに対してはスマートにこなす性分なのだろうが、小鳥遊にとっては困りものだ。

静汕荘だけでなく、その日によって職場が変わることもあるが、常にポルシェでの送迎だ。

これはこれで慣らされたくない、慣らされたらあとが大変だと、日増しに危機感が大きくなってきたからだ。

「時間があるなら、家事しろよ。でもって、やれるだけやったら、こんな大変なことを長年続けてるなんて、心から尊敬しますって言って、伯母さんを持ち上げとけ。防御こそ最大の攻撃だ。敵は味方につければ敵じゃなくなる。自分でも頑張れよ」

「そうだね。君を送って戻ったら、シロたちの寝床ぐらいは掃除しておくよ。それ以上は喜代のテリトリーだ。これはこれで彼女の生きがいだから、侵略するわけにはいかないんで」

「ものは言いようだな」

「まあね」

出会いから強烈だったのもあるが、なにぶん短期間で相手の情報を知りすぎた。

二日目にはずいぶん前からの知り合いのようだと錯覚したが、毎日のやりとりが濃いので、半月も経ったら職場の仲間たちよりも近くに感じる存在だ。

有栖川が自主的に寝場所を移動しているので、同じ過ちは犯していないが、それでもふと唇の感触を思い出してしまうことがある。

〝好意がなければできないよ。こんなこと——〟

あれは魔性だ。

〝どうしようか。ますますその気になってきた。君のようなタイプは付き合った経験がないから、愉しくなってきた〟

有栖川自身が、愉快だと言わなければ、その気になってしまいそうなほど危険なキスだった。

あのあと嗣子にガーガーやられたことは、小鳥遊にとっては救いだった。

実は毎日嫁イビリで絡まれるのも、かなり気分転換になっている。

「それにしても、君って本当にホテルマン？　実は看護師？　調理師？　まさか劇団員なんてことはないよね？　ラブシーンは苦手そうだから」

本人が時折含めるからかいも、今となってはありがたい。

変に意識せずに、会話が続くからだ。

「俺はただの配膳人。シーンによっては必要だから、ちょっとした調理はするし、年に一人か二人は現場で倒れるお客様に遭遇するから、人命救助の教習も受けた。けど、基本は宴会専門のサービスマン。派遣のバンケットスタッフ」

「――派遣？　ああ、そういえば、森岡が言ってたっけ。君は静汕荘の社員じゃないって」

「だからって馬鹿にするなよ。別に社員になれないから、派遣やってるわけじゃない。今の事務所に入りたかっただけだからな」

「わかってるよ。森岡からもさんざん聞かされた。君がすごく素晴らしい事務所のトップサービスマンだって」

　そして、話が弾むと必ずと言っていいほど出てくる森岡の名前。

〝片思いしてたってことだろう〟

　思い出される牧田の一言。

　これらのすべてが、揺れ惑う小鳥遊の気持ちに歯止めをかけてくれた。

　こんなことを考えている段階で、すでに危険度はマックスだと思うが、それでもこの関係が契約だと確認するにはいい機会だ。

「ところであんたのほうは？　けっこう頻繁に会社休んでるけど、大丈夫なのかよ」

「結婚式に絡めて、取っていた休暇もあるからね。でも、必要なことはちゃんとしてるよ」

「社長業って、そういうもんなの？」

「たまたまではあるかな。先日海外向けの大きな商談を終えたばかりだし。でも、トラブルが発生しない限りは、普段から現場のことは工場長に任せているよ。そのほうが、みんなもやりやすいだろうしね」

　契約が終了すれば、こうしてナビシートで彼の話に耳を傾けることもなくなる。

「それでいいのかよ。献上菓子とか扱っていたぐらいの老舗なのに」

「たまたま扱っていた菓子が、冠婚葬祭に深くかかわっていた。それでここまで生き延びられただけだよ。それだって、最近は風習そのものが変わりつつあるから、これまでのやり方だけでは、生き残れないし」

「もしかして、実は本店の職人さんもやってるの？　普段はお饅頭とか作ってるの？　だから、自分の工場にはいないの？」

湧き起こる好奇心からついつい聞いてしまう——なんてこともなくなる。

「いや。有栖川本家で職人と呼べる腕を持っていたのは、祖父までかな。私の父は一番弟子で、それがきっかけで婿養子に入ったんだ。けど、その理由だけでは結婚生活は続かなかったみたいでね。母は私が三歳のときに、妻ある男と駆け落ちをした。一度は私の手を取り、家を出た」

たとえこんな話を聞いたとしても、きっと会うことさえなくなるのだ。

逆を言えば、だから耳を傾けられる。

彼から時折放たれる、怒りや悲しみが受け止められる。

「ただ、途中で邪魔になったんだろうね。ある日、北の町の無人駅で、〝ちょっと待っててね〟って言われて、置き去りにされた。母を信じて待ってた私は、そのまま降り始めた雪の中で倒れて死にかけた」

有栖川は、特に悲しそうには話さなかった。

小鳥遊からしたら、想像しただけで凍えそうな生い立ちだが、彼の中では過ぎたことになっているのだろうか。ふと、笑みさえ浮かべた。

「救ってくれたのは、無人駅を根城にしていた野良犬だった。発見されるまで、ずっと私に身を寄せて温めてくれていたんだ」

　シロたちを引き取った際に、向けられていた笑顔と同じだった。

「それから十年――。彼が一番信頼できるパートナーだった。途中、母が亡くなったという知らせが届いたときも、彼がいたから立ち直れた。私が身寄りのない動物を保護するようになったのは、彼への恩返しだ」

　有栖川にとっては、シロたちのような無垢《むく》な動物のほうが、心を寄せられる。よほど素直に信じることができるのかもしれない。

〝終わった――。これだから人間は信用ならない。平気で嘘をつくって、今頃アドレスから名前を削除されてる〟

　そして、このことがわかっていたから、森岡は咄嗟についた自分の嘘を、あれほど悔いた。

〝そういう問題じゃないんだよ。これまであいつは俺に対して、一度も嘘はついてない。けど、俺はあいつに嘘をついた。それだけのことだから〟

　有栖川自身は、自分への気遣いだと理解していたが、今なら森岡が受けていた衝撃や悲痛が想像できる。

　彼は雪の中で寄り添い続けた野良犬のような存在でいたかった。

　決して有栖川の母親のようにはなりたくなかっただろうし、そうは思われたくなかったからだ。

「そっか。それで――」

小鳥遊は最後まで話を聞いてから、一呼吸置いた。

「けど、そしたらお店のほうって、もともといた職人さんを抱えて、経営だけを受け継いだんだよな？　それで新たに会社を立ち上げるって。規模拡大ってすごいな」

不自然にならないように話を切り替えた。

「祖父の技術を九割方オートメーション化した生産ラインを立ち上げて、国内外への卸《おろし》や通販を中心に切り替えたんだよ。祖父の知人や親族からは、そんなものに有栖川製菓の名前を使いやがって。老舗の面汚しと罵《ののし》られたが、まるっきり消えてなくなるよりはいいだろうと思ってね。そうでもしなければ、どのみち遺産相続で総倒れだったし」

「なるほどね。そういう経緯で、工場ができたのか。でも、実際職人技をオートメーション化ってすごいな。というか、あんたバリバリの理系だったんだ」

会話のテンションが上がるうちに、車は静汕荘の近くまで来ていた。

穏やかなハンドリングで、有栖川は駐車場へ向かっていく。

この分なら、笑って「じゃあ、行ってくるね」と言えそうだ。

「勉強だけは自由に、好きなだけしていいっていう祖父だったからね。父もそういう家に育って、ロシアから日本へ来た。そして祖父の作る菓子に出会って、そのまま居着いてしまった人だし」

「お父さん、ロシア人⁉」

「いや。生粋《きっすい》のロシア人は父方の祖父。父はハーフだったんだけど、どちらかといえば日本人顔だったよ。むしろ、私の代で祖父の血が濃く出たみたいで――。もしかしたら、母はそれも嫌だったのかもしれない」

ふっとした瞬間に沈みかけたが、それでも有栖川は自ら浮上した。

「まあ、おかげ様でモテるけど」

「最後は自慢かよ。まあ、そしたら先祖供養だけは、しっかりするんだな。これだけのルックスをもらったんだから」

「そうするよ。まあ、そんな経緯もあって、祖父母にはよくしてもらった。父も早くに病で亡くなり、いろいろ不幸は続いたけど、私自身は大事にしてもらった。とても感謝してるからね」

小鳥遊は、どこまでも笑って話を受け流した。

有栖川にどんな生い立ちや経緯があっても、彼のルックスがいいのは変わらない。時々喧嘩を売っているのかと思うような嫌みも混ぜ込んでくるが、慣れてしまえば気にならない。

嗣子たちと戦ったあとでは、もはや大したものとも感じなくなっている。

「本当は、私に自分の技術を継いでほしかったんだろうけど――。なにぶん感性が合わなくて。これればかりは得手不得手というか、不器用というか。まったく向かなかった。そういう意味では、祖父には申し訳ないことをした。せめて、残された祖母が苦労しないように、手は尽くしてきたけど。それで喜ばれてるかどうかは、天国の祖父のみぞ知るだ」

いつにもまして深い話に終わりが見えた頃、有栖川は車を駐車場へ入れた。

「喜んでるし、安心してるだろう」

小鳥遊はシートベルトを外しながら、笑ってみせた。

「結果的には、屋敷も本店もそこで働く職人さんも守られてる。本当だったら、自分かおばあちゃんがなくしてしまっていたかもしれないものが、今もすべて残ってる。それだけでも喜ぶって。たとえこの先何が起こっても、よくぞここまで頑張ってくれたって、褒めてくれるだけだよ」

有栖川はエンジンを切るも、少し戸惑った顔を見せてきた。

「そうは、思えない？」

小鳥遊が問いかけるように首を傾げると、ようやく納得したのか、笑みを零す。

「いや。なんだか、そう思えてきた」

「だろう」

お互いが笑い合えたところで、小鳥遊は「じゃあ」とドアに手をかけた。

しかし、それと同時に肩を摑まれて、その場に引き留められる。有栖川が身を乗り出してきた。

「君は、不思議な人だな」

「なんで？」

小鳥遊の熱が一気に上がった。

特別な気まずさを感じながら、気持ちのどこかで期待が起こる。

「言いたい放題言ってくるのに、嫌な気持ちにはならない。それどころか、なんだかホッとする」

「それは言いたい放題すぎて、よくも悪くも嘘や世辞がないからだろう。森岡支配人も言ってたけど、あんたは――――！」

もしかしてキスをされる？

そう思ったときには、シートに背中を押しつけられるようにして抱きしめられた。

「だめだ。本当に、どんどん好きになる」

「ちょっ……」

小鳥遊の唇に有栖川のそれが合わさされる。

軽くて優しいバードキス。何度も啄《ついば》むように口づけられて、小鳥遊は軽い目眩を覚えた。

だが、それがなんとも言えず、心地いい。すでにこれまで幾度か味わってきた感覚だ。

「遊――」

「有栖川」

次第に彼からのプレッシャーが強くなり、閉じた唇が割られていった。

わずかに開いた唇が重なり合うスタンプキスから、深々と舌が絡み合うようなフレンチキスになったときには、もう何度目のキスなのかさえわからない。

小鳥遊の両手が、自然と彼の二の腕を摑む。

「ごめん。据え膳で二晩も。いや、二週間も耐えたせいか、自分でも驚くぐらい余裕がない。すぐにでも、君が欲しい」

「――っ、有栖川」

突然カクンとシートを倒され、二人の上体も共に倒れた。

「遊、好きだ。君のことが、とても――」

小鳥遊の心臓も有栖川のそれも、早鐘のように鳴り響いている。

――ドン‼　ドンドンドン‼

そんなときに突然フロントガラスを叩かれたものだから、心臓が止まりそうになった。

有栖川も驚いて振り返る。

「っ……」

「牧田……課長」

「お前っ‼　小鳥遊に何かしたら、許さないって言っただろう。表へ出ろ！」

鬼の形相で怒鳴られた。

激怒してフロントガラスを叩き続ける牧田を諌めようと、慌てて有栖川が身を起こした。小鳥遊と共に車を降りる。

「お前な！」

すでに一度は忠告していた牧田は、有栖川に対して容赦がなかった。

叫んだと同時に胸ぐらを摑んで殴りかかった。

「違うんです。牧田課長！　誤解です」

小鳥遊が飛びついて止めるも、牧田は有栖川の胸元を放さない。

有栖川は、そんな牧田をどうにか落ち着かせようとはしているが、力任せには押さえてこない。

かなり遠慮気味だ。

「小鳥遊は黙ってろ!!」

「でも、彼は悪くないんですよ！」

普段はおとなしくて、暴力からは最も縁遠いと信じていた牧田が相手なだけに、小鳥遊もかなり戸惑っていた。最悪な場面を見られた焦りや負い目もあって、困惑にも輪をかけている。

「そんなはずがないだろ――!?」

だが、揉み合っていた牧田が突然有栖川や小鳥遊から放された。

「何してるんだ、お前たち」

「支配人」

「森岡」

力尽くで牧田を引き離したのは、今ここへ着いたばかりの森岡だった。

仲裁に入ったはいいが、彼もまたかなり困惑している。

「いったいどうしたんだよ？」

戸惑う森岡の顔を見ると、小鳥遊は息が止まりそうになった。

〝森岡支配人が片思いしてるってことだろう〟
今にも泣きそうになっている牧田に怒られた理由がわかり、膝が折れそうになる。
――俺、知ってた。わかっていたはずなのに。
これこそ悔やんでも悔やみきれない、後悔だった。

6

「おい。お前たち？」

聞いても答えてもらえない森岡が、いらだち始めた。

「牧田。有栖川」

森岡は牧田と有栖川に説明は求めるが、小鳥遊を名指しにすることはなかった。

牧田は部下であり友人で、有栖川は幼馴染みだ。小鳥遊は三人の中では一番彼とはかかわりが薄い上に、牧田が摑みかかっていたのは有栖川だ。

それで、二人にばかり聞いたのだろうが、小鳥遊にはこれが耐えられなかった。

「ごめんなさい。森岡支配人。俺——、俺が悪い」

「小鳥遊？」

仲裁に入っていた小鳥遊が謝ったことで、森岡は尚更混乱した。

「俺が有栖川を——」

「有栖川をどうしたって——？」

とにかくわけを聞かなければわからない森岡が小鳥遊の顔を覗き込む。

だが、そんな森岡の腕を有栖川が摑む。

「すまない、森岡。遊のことは責めないでくれ。悪いのは私だ」

「ちょっと待て。何の話かわからないって」

「そうだよ。全部お前が悪いよ！　よりにもよって、幼馴染みの恋をめちゃくちゃにしやがって。壊しやがって‼」

「え？」

有栖川にまで頭を下げられ、なおかつ牧田に叫ばれ、さすがに森岡もハッとする。

いたたまれなくなった小鳥遊が、有栖川を庇うようにして立ちはだかる。

「だから、牧田課長。それは全部俺が悪いって言ったでしょう！　俺が森岡支配人の気持ちを知りながら、有栖川のことが好きなのを知りながら――あんなことしたから」

ごめんなさい――‼

小鳥遊が全身で訴えた。

「は⁉　俺が有栖川を好きだ⁉」

「何言ってるんだよ、小鳥遊。支配人が好きなのはお前のことだって！」

小鳥遊の懺悔《ざんげ》を聞いた森岡と牧田が驚いて叫んだ。

ほとんど悲鳴に近いそれがうまく聞き取れず、小鳥遊は余計に罪悪感に駆られていた。

感情がセーブできなくなって、目頭が熱くなる。

しかし、小鳥遊の言葉で、この場が更に混乱する。

「え⁉　お前こそ何言ってるんだよ。小鳥遊のことが好きなのは、お前のほうだろう」

「そうだよ、牧田課長。そもそも君は、遊のことが好きだから私に食ってかかってきたんだろう？　森岡だって、君の気持ちに気づいていたから、わざと君と遊が付き合ってるなんて嘘をついたんだよ」

「え？　どうしたらそういうことになるんです？」

森岡と有栖川の二人から詰め寄られて、今度は牧田が混乱し始める。

「こっちが聞きたいって！　どうしたら俺が有栖川に片思いしなきゃいけないんだよ！」

「だったら俺だって。小鳥遊のことは好きですけど、変な気持ちなんてないですよ」

「俺が好きなのはお前なのに！」

「俺が好きなのは支配人なんだから！」

今もって混乱していたのか、森岡も勢いのまま話を進めた。

「え⁉」

「は⁉」

さすがにこれは小鳥遊も聞き逃さなかった。

完全に自分から話題が逸れていったところで、あれっ？　と正気に戻っていた。

「ちょっ。誰が誰を好きだって？」

とはいえ、こんなところで確認しても、誰が答えるものか。

そもそも朝っぱらから勤め先の駐車場でするような話ではない。

小鳥遊と有栖川に至っては、するようなことではないことをしかけてしまったのだが。こうなると自分たちのことなど棚上げた。

「あ――。そういうことだったのか」

「どういうこと？」

「あの二人は自分の恋より、好きな相手の恋を実らせようとしただけだよ。自分の気持ちを抑えてフォローに回ったから、逆におかしなことになったんだ」

有栖川からしてみればいい迷惑だが、話のもとをたどれば有栖川の登場が原因だ。

すべてとは言わないが、彼が小鳥遊に向かって「花嫁になれ」などと言わなければ、ここまで話はこじれなかった。

最初の偽装結婚そのものは、一応円満に終了しているのだ。

あれ以後話が入り組んだのは、どう考えても有栖川が小鳥遊を放さなかったせいだ。

「それって、支配人と牧田課長のほうが両思いだったたってこと？」

「――たぶん。間違っても森岡が私に片思いはないだろうし、あったとしても遠慮するよ。もちろん彼のことは好きだけど、友人としてだからね」

それにもかかわらず、有栖川が「勘弁してくれ」と真顔で言うものだから、再び話がこじれ出す。

「お互い様だ！　こっちだって遠慮するよ。こればかりは好みの問題だ」

「へー。支配人の好みって、牧田課長だったんだ。なんだ、それなら初めから言ってくださいよ。ねぇ、牧田課長」

「やめてくれぇっっっ。それは太陽の下で話すことじゃない！」

だが、思いがけない伏兵のおかげで、有栖川がこれ以上責められることはなかった。

小鳥遊も、一度はもつれたかに見えた恋の糸がほぐれて、心からホッとした。

少なくともこの場に片思いも略奪愛もないとわかれば、罪悪感も吹き飛んだ。この半月、あまりに「妻」だの「嫁」だの連呼され続けたためか、もっと重要な問題があるだろうことさえ、すっかり頭から抜け落ちている。

よく見なくても、この場には男しかいないのに――。

「あ、と。ごめん」

ただ、突然有栖川の胸元からスマートフォンの着信音が響くと、全員がビクリとした。

――まさか病院から⁉

頭によぎったことも、全員一緒だ。

それはないと思いたいが、それしか浮かばないのも事実だ。

「はい。私だ――え？　なんだって。どういうことなんだ、それは」

有栖川の対応から、違うとわかってすぐにホッとした。

しかし、それは本当に一瞬の安堵だ。

「わかった。すぐに私も確認をするから、まずはデータを送ってくれ。それから折り返し電話をする。じゃあ、頼んだよ」

通話を切った有栖川の顔色が見る間にすぐれなくなった。

「どうしたの？　病院じゃなさそうだけど」

「工場からだ。うちの商品から金属片が出たらしい。ツイッターに画像が上がって、騒ぎになり始めているそうだ」

小鳥遊が問うも、これはまったく頭にも浮かばなかった理由だ。

「商品から金属片？」

「え？　お饅頭から？」

森岡と牧田も声を揃えて、ただ驚く。

ここ最近、そういったニュースが目につくことは多かったが、こんなに身近で起こることだとは思っていなかった。

正直に言ってしまえば、まだ信じられない。

「――いや。工場で生産している餅《もち》菓子のほうからだ。ただ、工場には生産中から最終梱包がされるまでに、最低三ヶ所で金属探知機や赤外線センサーで商品の管理確認が行われている。それに引っかからずに、何かが混入したまま出荷されることは、まず考えられないんだが」

「そしたら、店頭でわざと仕込まれたってことなのか？　嫌がらせか、営業妨害か？　まさか無差別じゃないよな⁉」

「それは今から調べることになるけど」

有栖川も、混入ルートに思い当たる節がないようで、かなり動揺していた。

それでも工場から送られてきたメールを着信すると、すぐに画像がアップされたツイッターの確認をする。

「――あ、これか。すでにけっこうなレスがついてるね」

小鳥遊たちが一緒に覗き込むと、それはちまき状の餅菓子だった。

中に胡麻餡《ごまあん》が入っているタイプで、食べかけのそれに何かが埋まっていた。出してみたら、こんな金属片だったと、二枚続きでアップされたものだ。包装紙から社名、製造元まで、はっきり写っている。

投稿者からのコメントには、「なんだこれ⁉　餅から変なものが出てきた」「危うく飲み込むところだった。信じられない。責任者出てこいよ！」とだけ書かれている。

「なんか、いびつな形だな。なんの金属片なんだろう？」

「これだけ見てもな」

混入されていたのは、餅の大きさから考えると、小指の先ほどの金属だった。

四角いそれの角が筒型に折れ曲がっているようにも見えるが、餡がついていることもあって、有栖川にはなんの破片なのかさっぱりわからないようだ。森岡もそれは同じで、首を傾げている。

牧田は自分もスマートフォンを出して、同じ記事を検索し始める。

「でも、あれ？　どこかで似たようなものを見たことない？」

じっと見ているうちに、小鳥遊が呟く。

「どこで⁉」

「え――。なんだっけ？　初めて見たわけではない気がするのは確かなんだけど」

曖昧《あいまい》な記憶にイライラし始めると、

「そうか。口の中だ」

牧田が同じサイトにたどり着いて、声を上げた。

「口の中⁉」

「そう。これ、歯の被せだよ。今、写真を見た医学生から書き込みがされた。餅菓子だし、食べてる間に外れたんじゃないですか？　って」

どうやら牧田は、次々と書き込まれるコメントのほうを読んでいた。

言われてみると、確かにそう思える色合いの金属片だ。

「あ！　それだよ、それ。うちのおばあちゃんが、昔同じことしてた。ちょっと硬くなったお肉を食べてたら取れちゃったって言って、笑って見せてくれたことがある。自分ちの食事だったし、これが混入物だなんて考えもしなかったよ。買ってきたものだから、そう思っちゃったのかな？」

ある意味、この世に二つとないオリジナルの金属片だった。

一日で他人が判断するのは難しいが、本人にしてもそれは同じだろう。取れて初めてじっくり目にするものだろうし、歯医者に縁がなければ、まったく見ずに過ごすこともある。

小鳥遊は、単純に本人の勘違いだろうと思った。

「――なんだ。投稿者本人の早とちりか。まあ、最近いろんなものが食品に混入する事件が多発したから、思い込みも手伝ったんだろうな」

「もしくは、偶然外れてネタ降臨。後先考えずに写真をアップして墓穴を掘った感じかな。さすがに最初から営業妨害でこんなものを用意したとは思えないし――。って、さっそく炎上し始めてる。とりあえず、歯医者で調べてみるってレスするか、勘違いを認めてごめんって言ったほうが早いだろうにな」

森岡も牧田も、ことのきっかけは偶然だろうと思ったようだ。

有栖川製菓に対しての個人的な恨みや遺恨とは思えないぐらい、軽いノリで記事がアップされていたからだ。

「それにしたって、堂々と商品名をさらした上での公開クレームだからな――、と。何してるんだよ。有栖川」

「投稿者にメッセージを送ってみたんだ。会社のアドレスと私の名前で、お怪我はありませんでしたかって。実際の経緯や金属片の正体がどうであれ、うちの商品が絡んでいることは確かだ。

本人から直接連絡をもらえないことには、謝罪も対応もできないだろう」

「そりゃそうだろうけど」

はたから見たら、言いがかりをつけられた、難癖をつけられたとしか思えない状況だが、有栖川はまず先に、顔も見えない相手の怪我を心配していた。

これは小鳥遊も、徹底して事務所で教え込まれたことだが、何かが起こって最初に問題視するのは、お客様の怪我の有無や安否だ。それ以外のことは二の次でいいというのが、接客であり客商売だ。

――有栖川。

それだけに、小鳥遊は怒るより先に心配してみせた彼の姿が嬉しかった。先に怒っても仕方がない状況だけに、彼自身のよさや経営者としての姿勢が見えた気がしたのだ。

「あ、アカウント消去された」

だが、心配された当人は、すぐに姿を消してしまった。

「いきなり会社からメッセージが届いて、焦ったのかな？」

「炎上し始めて、びびったのかもしれない。やっぱり歯の被せだったたって、本人が認めたか、最初からわかっていた証拠でしょうね。だってこれ、この記事のためだけに取ったアカウントだ。すでにサイトの画像が取られて、記事ごと拡散されてる」

こうなると、刑事なり民事なりの事件として取り扱わない限り、投稿者の断定はできない。

本人の顔が写っていたわけでもないし、アップされた画像からわかるのは、有栖川製菓のちまきと金属片だけだ。

そう考えると、ノリや偶然以外の策略も感じる。

早々にもとの記事が消されて、ああよかったではすまない。

「とにかく。工場のほうへ行ってくる」

有栖川は、様々な状況を想定し終えたのか、スマートフォンをスーツの胸ポケットへしまった。

声をかけると、小鳥遊にも軽く会釈だけをして車に向かう。

「ああ。何かできることがあったら、言えよ」

「——ありがとう」

森岡たちにも見送られて、その場から走り去る。

「大事にならないといいんだけどな」

「本当に。おばあちゃんのこともあるのにさ」

残された小鳥遊には、他に言葉がない。

つい数分前に語られたそれぞれの愛の告白さえ、右から左に流されていく。

「とにかく、俺たちもまずは仕事しよう。な、牧田」

「そうしよう。小鳥遊も」

それでも互いに仕事があるのは変わらない。

待っているお客様がいるのも変わらない。

小鳥遊は二人に「はい」と答えて、静汕荘に入っていった。

「そういえば、犬と猫の犯人はどうなりました？」

最近裏口からではなく直接レストランに入っていたので忘れていた。

思い出したように牧田に聞いてみた。

「ああ――。報告するの忘れてた。ごめん。実は近所の小学生たちだった。なんか、他で拾ったけど家で飼えなくて、泣く泣くここならって置いていったらしい。仲良し四人組だったよ」

「それは、どうしようもないですね」

「怒るに怒れないけど、黙って置いていくのはだめだって叱《しか》ったよ。俺たちが気がつかなかったら、死んでいたかもしれない。それは一番嫌だろうし、可哀想だろうって」

牧田は、肝心なことだけはしっかり伝えていた。

相手が子供だからこそ、命の尊さ、命の重さをはっきりと――。

＊＊＊

屋敷のリビングに有栖川製菓の重役一同が揃ったのは、その日の夜のことだった。

本店からは、祖父の亡きあとを受け継いだ職人筆頭の玄。

そして、有栖川が立ち上げた製菓工場からは、今は工場長を務める元・見習い職人だった武《たけ》。聞けば、そもそもこの二人は個人的に犬猿の仲。そのため、それぞれ偽装結婚を知った上で披露宴に来ていた五人のうちの二人らしいが、お互い話を知っているのかどうかわからなかったので、知らん顔で食事会を乗り切った。

ある意味エキストラより気を遣っていただろう、強者だ。

そして、現在屋敷に滞在中の肇や嗣子も、経営にはかかわっていないが、これぱかりは黙っていられないと話を聞きに参加した。

その結果、リビングには玄と武。肇と嗣子。有栖川と天王寺。そして、小鳥遊を含めた七人が顔を合わせていることになる。

「では、ごゆっくりどうぞ」

喜代はお茶を出すと、その場からは退いた。

小鳥遊がこの場におり、四匹の相手ができないため、喜代に代わりをしてもらうためだ。

「結局、本人からの連絡はなかったんだ」

誰もが溜息を漏らしそうな中、小鳥遊が話を切り出した。

最初は自分がここにいてもいいものかと思ったが、有栖川から同席を求められたのだ。

話が発覚した際、小鳥遊も傍にいた。きっと一日中心配していたことが想像できたからだろう。

問いかけられた有栖川が、姿勢を正す。

「社内で検証してみたところ、問題の金属片で怪我をしたっていう話は一度も書かれていないし、アップされた写真をすべて拡大分析してみたけど、出血らしい付着は認められなかった。だから、怪我はなかった上での投稿だってことなら、こっちも安心なんだけどね。それに、金属の正体がわかっていた、わかっていなかったのはさておき。公開した真意が、ただ騒ぎたかった。この手の記事をアップして目立ってみたかっただけなら、すでに自分から引っ込まざるを得ないことになってしまったところで、本人が一番気の毒なことになっているだろうし」

　有栖川は、最初に気にかけた怪我のことから、問題を処理していた。

　彼の言わんとすることはわかる。なので小鳥遊は「そうか」と相づちを打った。

　しかし、これを聞いた嗣子と肇が身を乗り出した。

「あんたも甘いわね。これって完全に嫌がらせなんじゃないの。会社の不利益に繋がることでしょう？　売り上げが落ちたらどうするのよ。老舗の名前にも傷がつけられたのよ。犯人を捜し出して、どうにかしなさいよ」

「そうだ！　もしかしたら、ライバル社が足を引っ張るために、わざとやったかもしれないのに。何をのんきなことを言ってるんだ！」

　二人が言いそうなことだった。

　というよりは、これに関しては玄や武だけでなく、有栖川製菓の関係者なら同じことを言いたいだろう。

記事を投稿した人間の意図や真相は、本人にしかわからない。

だが、偶然だとしても、名指しで騒がれたほうはいい迷惑だ。せめて先に連絡をしてくれと思う。

そのための窓口や連絡先も用意してあるのに――と。

しかし、有栖川はただただ苦笑いをした。

「それが――。今日に限っては売り上げが伸びていて。おそらく、ここ数日は普段の数倍は行くんじゃないかという話になっています。なんでも、本当にこの程度の餅菓子で、被せや差し歯に影響があるのか、自分で検証した結果を発表するのが流行《はや》っているそうです」

それもどうかと思う。有栖川が浮かべた苦笑の真意は深い。

「あら、そう。怪我の功名ってやつ？」

「なんだ。陰謀だったら、かえって悔しがっているということか」

単純明快な嗣子と肇が、ある意味羨《うらや》ましいと小鳥遊は思った。

これで変な検証結果を出されたら、もっと迷惑だということは考えていないらしい。

もちろん、子供からお年寄りまでを対象にして作られた日常的な菓子で、そう簡単に被せや差し歯が取れたら、えらいことだ。

こればかりは、治療した歯医者でまずは相談してくれ。取れそうだと思うなら、自身で避けてくれというレベルだ。

「まあ、すぐに飽きると思うので、営業もここ三日ぐらいだろうと言ってましたけどね。ただ、下手な宣伝広告を出すよりは、効果は大きかったようです。こうしてネットで広がるのは、これまで餅菓子のようなものには、あまり縁のなかった層でしょうし。少なくともこれを機に試食した人たちは、普段食べつけていなかったってことですから」

有栖川は、なおも沈痛な面持ちで話を続けた。

「その分、これが本当に金属片の混入だったら大打撃ってことだよな。諸刃《もろは》の剣《つるぎ》だな。最先端の情報ツールは」

「本当だね」

情報が持つ影響力の善《よ》し悪《あ》しには、小鳥遊にも覚えがあるだけに人ごとではない。

派遣先のホテルやレストランでも、これには敏感だ。帰宅後の客がどういった感想を情報として流すのかによっては、少なからず影響を受ける。

サービスを提供する側としては身の引き締まる思いだが、それでも百人が百人満足することはまずない。

なぜなら、好みも相性も人それぞれだ。評価基準も違う。同じ人間は二人といないのだから、むしろ当たり前のことだろう。それに関しては、できる限りの向上を目指していくしか術がない。

ただ、中には故意に悪く書くことを楽しんだり、個人的なストレスをぶつけている者たちがいることも否めない。よほど悪質な場合は、法的な手段を取るしかないのが現状だ。

「でも、ま。相手に怪我がなくてよかった。と思っておけば」

「――そうだね。そう思うしかない」

いずれにしても、いつ被害者が加害者になるか、またその逆もあるかわからないのがネットの情報社会なだけに、小鳥遊は自分も気をつけなければと心に刻んだ。

いつどこで、どんな職場に立とうとも――。

「ということで、玄さん。武さん。しばらくは騒がしいかもしれないけど――」

だが、有栖川が報告を終えようとしたときだった。

突然リビングに、若い男が駆け込んできた。背後には顔色を悪くする喜代がいる。

「大変です！　社長。先日のサンマルクフーズとの売買契約に物言いがつきました。今、連絡が入って――」

「どういうことだ？」

「ネットの件です。サンマルクフーズの担当者があれを見たらしくて、本国での販売展開に不安を覚えたから、今一度検討させてほしいと。場合によっては、申し訳ない結果になるかもしれないが、とにかく三日待ってほしい。こちらも慎重に対応したいので、とにかく時間が欲しいとのことです」

男の動揺は、すぐに有栖川たちにも伝染した。

「そっちで影響が出てしまったか」

これには有栖川も、愕然《がくぜん》としたようだ。

――サンマルクフーズ。アメリカの大手食品会社だ。

待ったをかけてきた取引先は、小鳥遊でも知っているようなメーカーだった。ふらりと入ったスーパーやコンビニエンスストアでも輸入品を目にするほど、日本でも馴染みのあるメーカーで、社長一族がとても日本贔屓《びいき》なのだ。

特に社長は、年に一度は仕事抜きでも来日しており、小鳥遊が出入りしてるホテルが定宿だ。そのため、接客に当たったこともある。

「何⁉　なんなのよ。それはどういうことなの⁉　今日の記事のせいで、実害が出るってこと？　だったらやっぱり、言いがかりをつけてきた犯人を訴えなきゃ駄目じゃない」

「そうだぞ。諒一」

こうなると再び嗣子と肇も騒ぎ出した。

しかし、有栖川のほうは冷静だ。二人のほうを向くと、

「――いえ、そうじゃないんです。これぱかりは、記事のせいとは一概に言えないんですよ。食べた餅菓子のために、歯の被せが外れたことそのものが問題視されているので」

「別に、それぐらいは、あることだろう！　よくあるとは言わないが、たまにはあっても不思議のないことだ。餅に限らず、飯でも肉でも――。ポロッと被せが外れることなんか、これまでだっていくらでもあったはずだ！」

「日本国内なら、そういう視点で見てくださるお客様も多いんですけど。向こうは、歯並びの善し悪しでステータスを見るところがあるぐらい、デンタルケアは重要視されているんです。特に、子供の矯正には目を光らせていて、それがきちんとできているかどうかで、親の育児に対しての関心度合いをはかるぐらい。とにかく、日本とは一般的に持っている価値観みたいなものが、かなり違うんですよ」

目の前にある事実、現実だけを説明した。

「そして今回、契約を結んだ餅菓子は、どちらかと言えば、子供向けに販売計画を立てていた商品だったんです。大人向けの和食や和菓子はヘルシー志向も手伝ってかなり定着してます。ただ、高価で高級なイメージもあるので、子供たちのおやつには、あまり選ばれません。だからこそ、そこを開拓していこうという計画だったので、あちらが慌てたのは無理もなくて——」

これには鄙子と肇も黙るしかなかった。

相手も思いつきや感情に流されて待ったをかけてきたわけではない。

むしろ、今一度歯科や菓子に関してのデータを見直す、場合によってはデータを新しく取るぐらいの用心さがあるからこその三日後指定だろう。

だからこそ、有栖川も相手からの申し出を受け入れるしかない。真摯に受け止めるしかない。

「まあ、何にしたって、これが機械仕事の落とし穴ってことだな。うちではこれまでそんな苦情は受けたこともねぇし、聞いたこともねぇ。おやっさんの技術を九割再現したとはいえ、残りの一割が起こした事故みてぇなもんだろう」

そう言って玄が大きな溜息をついた。

すると、武が猛然と立ち上がった。

「ふざけるな！　そんなもん、面《つら》を合わせて直接買いに来る常連が多いから、何かあっても言わねぇだけだろ。百年以上も商売してきて、一度もねぇわけねぇ。老舗だ、職人だって言って、客に気を遣わせてるだけだろう」

「なんだと！」

これには玄も立ち上がる。

彼らは彼らで還暦を超えた男たちだが、まだまだ気持ちは若い。

しかも、立場は違えど職人気質は同じだ。自分の仕事にも責任と誇りを持っているだけに、互いに胸ぐらを摑み合う。

すぐに有栖川が間に入らなければ、殴り合いになっていたところだ。

「よしてください。お二人がここで喧嘩をしたところで、何も解決しませんよ」

「しかし、坊ちゃん。悔しいじゃないですか！　他人に言われるならまだしも、身内にこんな言い方されて」

「身内だからこそ言ってるんだよ！　何をどうしたところで、この手で確かめて作るものとは違うだろう。機械もんはしょせん、機械もんだよ」

「なんだと、偉そうに！」

「玄さん！　武さん！」

有栖川を振り払っても、殴りかかる勢いだ。

これには、しょうがないなとばかりに小鳥遊もぼやく。

「いいじゃん。ほっときなよ」

「――遊⁉」

有栖川が驚いて振り返る。

「せっかくだから、この際二人に大喧嘩してもらえばいいだろう。それで、とことん大量生産できる機械と手作業のメリット、デメリットをぶつけ合ってもらったらいいじゃないか。そしたら、そこから今のオートメーションに改良できるヒントが見つかるかもしれない。すでに亡くなっているおじいちゃんの技術は、記憶をたどってるぶん九割しか再現できなかったかもしれないけど。玄さんの技術なら、そしてそれを理解できる武さんなら、十割に近い再現ができるかもしれないだろう」

しかし、小鳥遊の口からは、更に驚くようなことが発せられた。それも満面の笑みでだ。

「――なんだと」

「俺の技術だ？」

これには胸ぐらを摑み合っていた玄と武も、思わず身を乗り出した。二人揃って小鳥遊のほうを見る。

「もちろん、プログラムとか機械的な基礎の調整は、有栖川がするんだろうけどさ。それを動かすのは現場の武さんなんだし。この際、二人からとことん意見もらって、見直す機会にしたらいいじゃないか。でもって、相手が三日待ってくれって言うなら、こっちは二日以内に改良した品を作って持っていって、まずは相手の不安を取り除く努力を見せればいいよ。日本と価値観が違うなら、向こうの価値観に合わせるものも、うちは作っていきますよって。やる気を形で示してみせるのが、企業努力ってもんだろう」

ただ、あまりに希望的観測すぎたのか、玄が前に置かれたリビングテーブルを叩いた。

「そんな、簡単に言わんでくれ！　一言で歯触りと言っても、いろいろある。今の形になるまでには、段階を踏んでるんだ。手仕事でも難しいことなんだぞ」

「そうだ。それを機械で、二日でなんて。何ほどが変わるって言うんだ。知りもしないで、これだから素人は」

ここへ来て、初めて二人の意見が一致した。

やはり、揉め事の仲裁には、共通の敵を用意するのが一番手っ取り早いということだろうか？

だが、小鳥遊は敵になる気はない。

「いやいや。別に、革命的に変わらなくても、九割が九割一分でも二分でもいいでしょう。相手にいったい何が変わったんだって言われるぐらい、自分たちにしかわからなくてもかまわないん

ですよ。大事なのは、黙って待つ時間があるなら、努力してみせるってことだから。いわば、既成事実みたいなものです」

ここへ来て、さりげなく持ち合わせている腹黒手前のちゃっかりさを見せた。

「既成事実っっっ！」

この四字熟語に何を想像したのか、玄と武が、そして嗣子や肇までもが頬を染めた。

それを見て有栖川が、天王寺や飛び込んできた若い男が、こんなときだというのに和んでしまう。

不思議な一体感が生まれた空気の中で、小鳥遊は更に続けた。

「でも、無駄な努力じゃないと思うよ。たとえ今回アメリカに売れなくても、有栖川製菓にとっては、よりよいお菓子が誕生するきっかけになる。改良品を出すことで、ネットに上がった声にもきちんと耳を貸す企業だって猛アピールできるじゃん。今なら宣伝費かけなくても、口コミで広がるよ。これだけでも、二日分の労働のもとは取れると思うけどな」

わかりやすく説明された既成事実の意味に、玄と武が顔を見合わせた。

「アメリカに売れなくても」

「有栖川製菓にとって……か」

これを聞いて、俄然《がぜん》顔が輝いたのは、若い男性社員だ。

「社長!!　奥様の言うことには、一理あります。サンマルクフーズのこともそうですが、今のネット上の話題を有効活用するには、低姿勢を見せつつも、ガンガンに責める！　勘違いなクレームでも、うちは努力と改善をするメーカーなんだって示せば、好感度アップ間違いないですよ」

どうやら彼は、工場の営業担当者のようだ。

言葉には出さなかったが、好感度イコール売り上げアップ！　と、目を輝かせている。

その勢いに圧倒されて、小鳥遊は「奥様」呼びをされても、突っ込めなかった。

「そうか。それもそうだね。なら、やろうか」

有言実行を決めたのか、有栖川が席を立った。

彼が本気になれば、三秒で人を惹きつけると森岡は言ったが、それは恋愛についてだけではなさそうだ。

いざとなったときの目力《めぢから》が強い。端正な顔立ちが奮い立つような迫力を見せる。

「今日のことは一つのきっかけとして、真摯に受け止めよう。やれるだけのことをやって、まずは改善して。そして、今こそみんなで協力し合ったお菓子作りをしてみよう。玄さん。武さん。これから工場へ行くけど、付き合ってもらえる？」

一分あれば口説いてしまうし、五分あれば――きっと耽溺《たんでき》させてしまう。

「しょうがねぇな。若の頼みじゃ断れねぇ」

「ここまで来て、坊ちゃんに恩着せがましいこと言ってるんじゃねぇよ。素直によっしゃと言え。よっしゃ！　やりましょうってよ。玄」

「よっしゃ――。よっしゃです、若！」

そうして広げられた腕の中へ堕ちていき、夢中になってしまうのだと、小鳥遊には思えた。

ただし、ここから丸二晩、有栖川は帰宅しなかった。

工場にこもって改良品の試作に全力を尽くし、玄と武の老体に笑顔で鞭を打った。

7

いざとなったらブラック企業の社長かよ！

そう思わせる有栖川の仕事ぶりかつ人使いの荒さはさておき、問題となっていた餅菓子の改良品は、一応でき上がった。

サンマルクフーズの日本支社担当者にも、検討してほしいと持参。その一方で、ホームページからは改良品を製作したことを発表するとともに、大本の記事をアップした者にも伝わるように、メッセージが発せられた。

まずは、このたびはお騒がせしましたという謝罪を前打ってから。その上で、これをきっかけに、今後も味や質にこだわると共に、口内環境に配慮した菓子作りを目指していきます。と、公式に宣言したのだ。

だからといって、記事をアップした本人が名乗りをあげることはなかったが、有栖川製菓としては最善を尽くした、できることはしたという評価はされて、好感度も上がった。

中には、そんなことをしていたら、きりがない。似たようなクレームがまた出るだけだといった厳しい意見もあったが、これはこれで一理だ。

すべての意見を今後に生かしていくという回答で、この事件に関しては幕を閉じた。

有栖川が帰宅した夜。小鳥遊はせっかくなので、改良された餅菓子を試食させてもらった。寝室に置かれたソファに座って食べ始めると、シロやトラたちが欲しがり、足元にまとわりついてくる。

しかし、これはあげられない。「ごめんね」と言いつつ、自分で頬張る。

「――うん。美味《おい》しい。柔らかいのに歯切れもよくて、さっぱりした食感。俺は美味しいと思うよ。この新しいちまき。ただし、前との違いは、まったくわからないけどね」

「ありがとう。正直で嬉しいよ」

お世辞一つない小鳥遊に、有栖川は笑った。

それしか思いつかなかったのだろうが、これはこれで小鳥遊らしいと感じたのだろう。お礼を言うと、玉茶の入った湯飲みを差し出してきた。

「――でも、工場で作ってるのって饅頭じゃなくて、ちまきや大福とかばっかりだったんだな。てっきり紅白饅頭とか葬式饅頭が大量生産されてるのかと思った」

至れり尽くせりで、小鳥遊は大満足だ。口の中もスッキリとして、丸二日ぶりの会話を楽しむ。

いつの間にか、有栖川との会話が楽しい。とても自身が満たされる時間となっている。

「これらは朝生菓子と言ってね。本来は朝一番に作って、その日のうちに売り切ってしまう種類の日常菓子なんだ。だから、これこそ本当は手作りを貫きたかったんだけど――。実際、冠婚葬祭ものよりニーズがあるだろう。それにもまして、日常の菓子だけに簡単には値上げもできない。何より、以前から遠方のお客様から通販のリクエストもあったんだけど、祖父が頑として受けなかったんだ。冷凍や冷蔵便で発送しても味が変わってしまうし。どんなに頑張っても、通販を望むような方の地域では、朝作ったものが翌日届くことになってしまう。これでは本末転倒だって」

説明をしながら、有栖川も小鳥遊の隣に腰をかけてきた。

空になった湯飲みを小鳥遊から受け取り、ソファ横のテーブルへ置く。

その後はさりげなく肩を抱いてきた。これが自然なのか、不自然なのか、小鳥遊は戸惑う。

「だから、私が目指したのは、届いて自然解凍したときの状態が、祖父の作りたての味や食感になることだった。そういう意味では、作る上での視点も違うから、どんなに頑張っても玄さんからは九十点しかもらえなかった。私もそう思っていたしね」

「それで、今のは何点なの？」

「九十一点だって。けど、これから二点、三点って増やしていける九十一点だ。だから、俺が生きてるうちに、自分の技術を機械に教えてやるって言われてしまったよ。私も武さんも不器用だけど、こいつは意外と素直で筋がいいことが、今回わかったからだって」

「そっか。よかったね」

戸惑い続ける小鳥遊をよそに、有栖川はいっそう強く肩を抱いて、身を寄せてくる。

「遊のおかげだよ。サンマルクフーズに契約続行を決定してもらえたのも、背を向け合っていた本店と工場がこうして前を向き合って、協力し合えるようになったのも」

「それは、これまで積み重ねてきた有栖川の努力のおかげだろう。まあ、きっかけは歯の被せが取れちゃった人のおかげかもしれないけど。今度こそ名乗り出て、連絡くれるといいね」

「本当だね」

有栖川がこめかみに唇を寄せた。

だが、今の心情を表すように、小鳥遊が萎縮《いしゅく》し肩をすぼめた。

その瞬間、有栖川の唇が離れる。

「――遊。すっかり話が流れてしまったけど。この前言ったことは、本当だよ。好きだ。とても好きになってしまった。君のことが」

かしこまったように膝の上に揃えていた小鳥遊の両手をキュッと握りしめてくる。

足元にはシロやクロ、ブチやトラがじゃれて遊んでおり、緊張と緩和が入り交じる。

「君は女性が好きで、私とは違うってわかっているけど。どうすることもできない」

小鳥遊の視界には、感情の中には、相対するものばかりが湧き起こり、混じり合って、迷いを生む。

「遊――。無理？　やっぱり、嫌かな」

有栖川がどこか諦めた口調で聞いてきた。

自分が酷な質問をしていると感じたのだろうか?

握りしめた手からも力が抜けていく。

すると、その手を逆に小鳥遊が摑んだ。

「だったら、とっくに突き飛ばして逃げてるよ。あんた相手なら、逃げられる。力的にはね」

力の限り有栖川の手を握りしめて、そして緩める。

交差する二人の思いに関係なく、足元では四匹がひたすらじゃれ合っている。

そのうちブチがジャンプし、小鳥遊の膝の上に乗ってきた。あとを追ってトラも飛び乗り、二匹まとめて小鳥遊に下ろされる。

ブチとトラは不満げに、みーみー泣いている。

慰めているのか、わがままを言うなという意味なのか、シロとクロが鼻で小突く。

あっという間にブチたちの意識が逸れて、再び四匹で遊び始める。その場から走って、部屋の中で追いかけっこを始めてしまった。

「――けど、そういう気持ちになれないから、どうしていいのか迷う。どうして、抵抗しないんだろうって、自分でも不思議に思うから、悩む。いったい、どこで好きになったのかもわからない。こうしているのも悪くないって感じたのか、自分でもはっきりしない」

気を逸らすものも、誤魔化すものもなくなり、小鳥遊は正直に明かした。

過去に幾度か恋はしたし、交際らしいことも経験したが、それらのときとは違いすぎて、判断がつかない。

すでに有栖川のことは嫌いではないし、好きだと思う。隣にいることにも最初ほど抵抗がない。

だが、抵抗があったときの自覚があるからこそ、今がよくわからない。

惹かれているとは思うが、このまま口説かれていいものか？

森岡が何を基準に〝何分あれば〟の例えをしたのかわからないが、五分などあっという間に経ちそうだ。

今一度、有栖川が肩を抱いてくる。

「いつの間にか……じゃだめなのかな？」

「あんたはそれでいいの？」

「別にかまわないよ。私だって、この瞬間ってところは思い当たらない。最初からわかっていたのは、ルックスが好みだったってことぐらいだし」

「ルックス？」

ここへ来て初めて聞く話が飛び出した。

「偽装結婚を仕組もうって決めたときに、エキストラの派遣事務所でスタッフのカタログを見せてもらったんだ。それで、まずは偽の花嫁を——ってなったときに、顔とか雰囲気だけで相手を決めた。この顔で男だったら好みだな——ぐらいの気持ちで。だから、逆に君を見たときに、替えが利かない。君しかいないって思ったのかもしれない」

「あ、そういうこと。え？　でも、そうしたら、どっちがどっちの代わりだったんだよ？」

偽装結婚ってそうやって仕組むんだ――という感心と、何かよくわからない引っかかりを感じて、小鳥遊は追及した。

「どっちでもなく、顔ってことだと思う。もちろん、最初の時点だけだけど」

「そう！」

有栖川らしいといえば、有栖川らしい答えだった。どうりで小鳥遊と偽の花嫁が似ていたわけだ。

それで納得したいが、何か納得できないものを感じてしまう。

――入り口は顔かよ！

それが「心の窓」だと言われても、素直に受け入れたくないのが人情だ。有栖川と出会ってからの小鳥遊は、こういう感情と理屈がぶつかり合うことが多くなったように思える。

いや、ここは素直に、この顔に産んでくれた親に感謝――なのかもしれないが。

「でも、そのあとは違うよ。君は何から何まで強烈だった。出合い頭にお説教されたことも、いきなりおばあ様の人命救助を始めたことも」

微妙な顔をした小鳥遊に、慌てて有栖川が言い訳をしてきた。

「伯母さんたちに怒ったことも、その夜私のベッドに入ってきて、寝ぼけて抱きしめてきたことも。私の中では何一つ予測の立たない、想定外のことばかりだった」

そして、何もかもが〝お互い様だった〟ことを知る。

小鳥遊にとっても有栖川にとっても、出会いから驚きの連続だった。ありえないこと続きだったということだ。

「けど、一晩抱きつかれて、初めて君との朝を迎えたときには、かなり気持ちが傾いていた。これが本当の結婚披露宴だったら、昨夜が初夜だったのに。私からも君を抱きしめることができるのにと思ってしまい、慌てて自制した。今日中にベッドを替えようと即決したんだ」

それでも有栖川は、微笑んでいた。

目の前にいる小鳥遊を抱き寄せて、抱きしめられることに喜びを表していた。

「でも、結局二日目の夜も君に迫られて――。うっかり盛って出ていかれたら困るから手は出せないし、かといって突き放すこともできない。三日目からはソファに逃げたけど、気持ちだけは隣に寝ていたよ。君に抱きつかれたいなと思って、イルカが恨めしく感じたりして」

「有栖川――」

「これじゃ、説得力に欠けるかな」

どんな言葉をかけられるよりも、小鳥遊は有栖川の笑顔の中に、ちゃんと愛されていることを実感した。

彼の目の中に映った自分の照れくさそうな顔に、彼への思いを実感した。

「――ううん。俺よりはマシだと思う。いつの間にか、嫌じゃなくなってた。それどころか、好きになってたって、ことよりは」

どうやらこれはこれで恋らしい。特別な、愛らしい――と。


ずっと真ん中に置かれ続けたイルカの抱き枕二つが脇へ追いやられ、小鳥遊がベッドの中央に下ろされた。

「遊……」

就寝前だったこともあり、二人はお揃いのパジャマ姿だったが、それさえすぐにベッドの下へ落とされる。

三方を閉じられた薄絹の中で、小鳥遊は改めて肌を晒《さら》し、また有栖川のすべてを目にした。

二人の気配があるのに、さっさとケージの中へ入れられてしまった四匹はご立腹だ。照明を落とされても、しばらく抗議するように鳴いていた。

「やっぱり、するの？」

いざとなって、小鳥遊はイルカの一つを抱きしめた。

間接照明だけとはいえ、見るのも見られるのも恥ずかしい。半月ほど一緒に寝ていたためか、慣れたイルカを抱くことで、どうにか気持ちを落ち着けようとする。

それをわかっているのか、有栖川はイルカを取り上げることはしなかった。代わりにイルカごと組み伏せてくる。

「したくない？　怖い？」

だからといって、小鳥遊の頬をすり抜けて、イルカの頭を撫でているのは、わざとだろう。あえてすぐには触れないことで、小鳥遊を煽っているのだ。

「怖くないと言えば嘘になるし、したくないと言っても嘘になりそう。変な好奇心だけは、あるみたい」

「正直でよろしい。なら、まずは怖くしないで、好奇心を満たしてあげる」

クスクスと笑う有栖川の吐息が、耳にかかる。

しかし、イルカを抱えているために、外耳の半分ほどだ。それが焦れったくもあり、安心でもある。有栖川の唇が外耳に触れる。

「――んっ、有栖川っ」

軽く噛まれた外耳がくすぐったい。

抱えたイルカの隙間から、肌を探る手がいやらしい。彼の手が脇腹からウエストへ、そして胸へと移動するが、愛撫の半分はイルカに持っていかれる。

小鳥遊の中で安心よりも焦れったさが勝ってくる。たぶん、有栖川の思うつぼだ。

「それから、うんと気持ちよくして、もっと欲しくなるように――してあげる」

いっそ自分から手放そうか、取り上げられるのを待とうか、迷ううちに身体のほうが待ちきれなくなってきた。

有栖川の手が、指の先が、幾度も胸の突起をこすっては、からかって過ぎる。

そうする間にも、閉じていた両足を割られて、彼の利き足が太腿に触れる。が、ここにも身長ほどあるイルカがいるので、彼の外腿が触れる程度だ。

互いに肝心な部分が触れることはない。触れているのは、抱かれているタオル地のイルカだけだ。イルカにしてみれば、いい迷惑かもしれない。

「いかにも――って感じだな」

甘くて強い言葉を放つわりに、有栖川は力では押してこない。

この前は、車の中では余裕がないと言っていたし、実際もそうだったと感じたが、今夜はどこまでも小鳥遊の様子を窺ってくる。

怖いと言ったからだろうか?

それともいきなりフロントガラスを叩かれた記憶が残っている?

夢の中ではあんなに強引だったのに――。

だが、それを言えば、寝ぼけた小鳥遊も有栖川にとっては強引だったし、とても果敢だった。積極的だったのだろうから、もしかしたらそれで様子を窺っている可能性もある。

なんにしても、そろそろ限界だ。

「なら、そうじゃないほうがいいの？」

「いや……。こればっかりは、想定内で収めて。これ以上ビックリしたくない。そうでなくても、もう——さんざん驚いたから」

小鳥遊は、イルカを握りしめていた両腕から、力を抜いた。

すぐに手放すまではしなかったが、利き手だけを外すと有栖川の二の腕に触れていく。これまで感じていたよりも硬質な気がした。着やせしていたのか、思った以上に逞しい。

「あんたを好きになったことに、一番驚いてるから」

「そっか」

小鳥遊から触れたことが合図だったように、有栖川が動いた。

ずっと間に挟まれていたイルカを外して、脇へと放る。残りのイルカにそれが当たったときには、深々と口づけてきた。直に触れた肌が熱い。

小鳥遊と同じほど待ち続けていただろう有栖川自身も、すでに熱く硬くなり始めている。それに煽られるように、小鳥遊自身もピクンと応じる。

夢ではない肉欲を、抑え込まれていた欲望のわななきを覚えた。

「有栖川」

「遊っ」

突然何かが小鳥遊の中で、弾けた気がした。

それは有栖川も同じだったのかもしれない。互いに抱きしめ合うと、唇をむさぼった。

「んっ、ぁっん」

乾いた砂漠を潤すように、絡ませた舌や唾液さえも味わうように、互いの口内から犯し合う。

湧き起こる欲求が止まらない。

「——遊」

「ぁぁ」

怖くしないと言ったわりに、有栖川の愛撫はかなり強くて激しかった。身体中をまさぐる両手が胸から下肢へ移動するのも、とても速い。

小鳥遊が白状した好奇心を満たすほうが優先されたのかもしれないが、膨らみ始めた自身に触れられ、小鳥遊は「あっ」と声を漏らした。

嫌がっていない。喜んでいるとわかる甘い喘ぎに、有栖川が身をずらした。

「え……‼」

急に温《ぬく》もりが去った。寒いと感じたときには、肉体の中心から熱くなった。

唇を、舌を這わされ、有栖川の口内に吸い込まれた小鳥遊自身から強烈な快感が走る。

「やっ、駄目だって」

一点から全身に向けて駆け巡った痺《しび》れに、爪の先まで震えた。小鳥遊には考えつかないような行為に、また驚く。

これが気持ちいいと感じてしまう自分自身にも驚愕《きょうがく》だ。どうしようもない愉悦の深みにはまっていく。欲望が限界まで膨らみ、弾ける瞬間を待ち焦がれて仕方がない。

「有栖川っ」

「いいから、イッて。先に君の快感を満たして。好奇心を満たすのは、もっと先だ。だから、このまま先に——。そうでないと、私もイくにイけない」

利き手に持ち替えられた自身をしごかれ、一気に絶頂へと追い立てられた。

甘く強《した》かな誘導に逆らいきれずに、小鳥遊は奥歯を噛んだ。

「っ——っっんっ」

欲望が放たれた瞬間、小鳥遊は両手と背筋と両膝に強い力が入った。自らも快感を求めて、そして得たことがわかる。うねった肉体が小刻みに震え、漏らした溜息の艶っぽさからは、小鳥遊の衝撃が悦びであることを有栖川にも伝えていた。

「遊——」

放たれた白濁を受けた手が、小鳥遊の密部に潜り込む。

「んんっ、っ」

ぬるりと入り込んできた長い指が、この先どうしたら有栖川が自分と同じほどの快感を得るのかを、暗黙のうちに示す。

「吸い込まれそうだ。すごく、反応してる」

言われるまでもなく、進入を許したときから、小鳥遊の内部は反応した。無意識のうちに収縮してしまい、襞《ひだ》を奥へ手前へとこすられるたびに腰がくねる。

「いじり回すなよ。そこ、触るなっ――っ」

中には、こすられると落雷が落ちたと錯覚するような場所もある。

今さっき上りつめたばかりだというのに、似たような絶頂に襲われた。

射精もないままイかされるなんて、小鳥遊には何が起こったのかわからない。自分の身体なのに、不安がこみ上げる。

小鳥遊が有栖川の肩を摑んだ。

「遊?」

「も、いい。先に進んで。これから何されるかぐらい、俺にもわかるから」

「でも。もっとほぐしておかないと、あとで文句が出るかもよ」

誘い強請《ねだ》るというよりは、縋りついた。色気も何もなかったが、不安を解消したいほうの気持ちが最前に出た。

「言わないよ。あんた、――のも、わかってるし」

半月も前のことなので感触は忘れてしまったが、しっかり握って手にした有栖川のサイズならば〝自分とは違う〟と記憶していた。あとから彼がロシア系のクオーターだと聞いて〝だからか〟と勝手に納得したが、ここで口にすることではなかった。

「え？　何？」

わざとらしく聞かれるのも腹が立つが、素で聞き直されても困りものだ。

急に不安より羞恥が勝ってしまい、更に強くしがみつく。有栖川の肩に顔を寄せて、

「いいから、これ以上言わせるな」

想像以上に甘ったるい声が出てしまった。

すると、先ほどから突き上げたくて仕方がないと、欲望を露わにしていた有栖川自身がいっそう硬度を増した。熱くしなって、直に触れる太腿を通して性急さを伝える。

「わかったよ。なら、お言葉に甘えて」

口調も声も変えることはないが、密部を探り込む手に変化が見えた。

——やっぱり堪《こら》えてたんだ。

小鳥遊が放った白濁を塗り込められて、多少は潤んだそこに、有栖川自身があてがわれる。先端が窄《すぼ》みに当たったときには、妙な覚悟が生まれた。

「脚に力を入れないで——そう」

——一つになっちゃうんだ。

同じ男でも、偽装から始まった関係でも、まだ出会ってからの時間が短くても。

それでも、互いに特別な感情と欲求が生じれば、引くに引けなくなるものなんだと、妙な理解もした。

身体を裂かれることへの逃避も入っていたかもしれないが、小鳥遊は有栖川をそんな気持ちで受け入れた。

「んんっ、んっ」

——奥まで、くる。圧迫がすごい。

生々しい感想が脳裏をかすめた。

だが、こんなに誰かの存在を近くで、自分自身で感じたことはなかった。

それが嬉しいと思う自分が、まだ不思議でならない。

「有栖……川っ」

もっと快感だけに酔えればいいのに、そこまで身体ができてない。

だから余計に、自分を抱く有栖川そのものに意識が向かう。抱擁に酔う。

「遊——。わかる？」

「ん……」

きつく抱かれて、髪を撫でられた瞬間に、言いようのない安堵を覚えた。

遠慮がちに抽挿を始めた有栖川を自分からも抱きしめると、徐々に遠慮が取れてきた。

「有栖川っ」

抱いていると気持ちがいい。しがみついていると心が安らぐ。

それを先に身体が知って、覚えてしまったのは小鳥遊のほうだ。

いつの間にか身体だけではなく、心から感じるようになってしまったのも、もしかしたら小鳥遊のほうが先だったかもしれない。

「ごめんね。きつくても、止まらない。止められないよ、遊」

「っんっ――ぁっんっ」

加速し始めた有栖川の欲望が、小鳥遊の中をうねるように行き来する。

痛みを伴う快感さえ麻痺して、小鳥遊は有栖川の腕の中で何も考えられなくなっていく。

「君のすべてが気持ちいい」

それは俺も同じだと思った。

「私はどこまで、君に堕ちていくんだろうか」

なんだ。それも一緒なのか――と、自然に笑いがこみ上げた。

「有栖川っ。好き……」

「遊」

「俺も、もう――止まらない」

身体中が痛くなりそうな予感さえ振り切り、小鳥遊は力いっぱい抱きしめた。

有栖川からも抱きしめられて、彼が自分の中で達した瞬間、言いようのない快感の底へと堕ちていった。

＊＊＊

チュンチュン――。

庭から聞こえる小鳥のさえずりに目を覚ますと、ベッドの中には小鳥遊だけが横たわっていた。

――嘘、夢!?

そうだとしたら、こんなに残酷なことはない。同居初日に感じた、夢でよかったなどという安堵は、今はどこにもない。小鳥遊は衝動のまま身体を起こした。

すると、子犬たちがケージを叩く音を耳にした。

「ごめん、ごめん。今出してあげるよ。何日も留守にした上に、昨夜は遊を独り占めにして、悪かったよ」

「あんあんっ」

「あん！」

窓側の薄絹を開くと、ガウンを羽織った有栖川が、シロたちに向かって笑いかけていた。ケージを開くと喜び勇んで飛び出してきた。

そんな子犬たちに感化されて、自分も出せとアピールしている子猫たちに手を伸ばして、ケージの中から取り出し抱き上げる。

その場に座り込んで四匹の相手をする有栖川の姿は、それだけで極上な一枚絵だ。

ずっと見ていたくなる。

――いつ好きになったのかはわからないけど、俺の中で〝いい人認定〟されたのは、やっぱりこれだよな。

有栖川は今朝も優しい顔を、そして優しい目をして子猫や子犬たちを愛《め》でていた。

それを見ただけで小鳥遊は嬉しくなった。昨夜に増して好きになっていると感じるのは、錯覚ではないだろう。

「あんあん」

今にも蕩《とろ》けそうな顔をした小鳥遊に気づいて、シロとクロが寄ってきた。

「――あ、おはよう。遊」

ベッドから顔だけを出していた小鳥遊に有栖川も気づき、微笑みながら立ち上がった。

窓から差し込む朝日が、そうでなくても輝いて見える甘いマスクをいっそう輝かせてみせる。

「みぁ〜」

有栖川の腕の中にいた子猫たちが、小鳥遊のほうに行きたがって、全身をくねらせる。

「おはよう」

返事をすると小鳥遊も笑って返した。

「遊！　遊さん！　いつまで寝てるの！　朝ご飯、お願いよ」

ベッド下に脱ぎ落とされていたパジャマに手を伸ばすも、一階からは嗣子の声が聞こえた。

今朝は寝坊したようだ。

「それにしても、伯母さんたちはいつまでいるつもりなんだろうな。遊との偽装結婚は本物になるし、私の目の黒いうちは財産も自由にならない。本店と工場のほうも完全に協力態勢になったから、つけ入る隙はないと思うんだけど。天王寺に任せている不動産関係の手続きも順調だし」

子猫を放しながら、有栖川がぼやいた。

パジャマの上を拾い上げて、小鳥遊の肩へかけてくれる。

「案外、おばあちゃんが無事に退院するまでいるかもよ。ガーガー言ってるわりに、ちゃんと毎日見舞いに顔を出してるって、喜代さんが言ってた。それに、二人とも毎日おじいちゃんやご先祖様の仏壇にも手を合わせてるって。ネットに金属片の画像が出たって知ったときには、二人で墓参りに行ってたって。運転手さんから聞いて、俺も驚いたんだけどさ」

「――そうなの？」

袖を通しながら話した小鳥遊に、有栖川が真顔で驚いている。

「うん。あと、有栖川が留守にしてたときに、嗣子さんが俺に愚痴ったんだけどさ。自分たちがこの家を出たのは、有栖川のお父さんに勝てなかったからだらしいよ。菓子作りで」

パジャマの上だけを羽織った小鳥遊が話し始めると、有栖川もベッドの端へ腰かけた。

昨夜は話しそびれてしまったが、伝えるなら早いほうがいいだろうと思い、小鳥遊も話を続けた。

「自分たちは跡を継ぐつもりで頑張ってきたのに、結果としては職人として腕の立つお父さんが養子に入って、跡を継ぐことになった。確かに気持ちはあっても、腕がなかったから仕方がないのはわかっていても――。やっぱり長男長女としては、我慢できなかったみたい。特に嗣子さんは、早くに病死したお母さんの分までいろいろ女手としてこの家で頑張ってきたから、おじいちゃんの選択や決定がショックだった。裏切られたと思って、腹が立ってたって」

小鳥遊も、思いがけない話を聞かされ、最初は正直戸惑った。

ただ、喜代や運転手から最近の様子を聞いていたので、わりと素直に耳を傾けることができた。

「しかも、そんなときにおばあちゃんが後妻に入ってきたから――もう、ぐっちゃぐちゃ。これは説明がつかない。他人にはわからない感情論だけど、どうしようもなかったって。当たり散らしたから、嫌われててもしょうがないし。自分も若かったから、抑えが利かなかった。ただ、ああ見えておばあちゃんも気丈なところがあるから、嗣子さんもけっこうやり込められたって。孫溺愛の可愛いおばあちゃんだと思ってたら、大間違いよって。でも、笑って言ってってさ」

痩せて丸くなるのも言い得て妙だが、嗣子が小鳥遊に対して日増しに当たりが柔らかくなっていたのは確かだった。

それもあり、小鳥遊はなんとなく嗣子の話を黙って聞き続けた。

そういう経緯が想像できたのか、有栖川も黙って小鳥遊の話に耳を傾ける。

「ただ、いざ自分自身が結婚して、落ち着いて。もういいかって思った矢先に、妹さんがとんでもないことをしでかした。その後養子に入った旦那さんまで病死した。まあ、妹さんに関しては、上二人への負い目があったり、自分の結婚にも疑問が起こったりもしたんだろう。当時、もっと話を聞けばよかったって後悔があるらしい。有栖川を置き去りにしたことにしても、そんなことができる子じゃない。きっと、そのとき何か事情があったんだろうと思ってるって。それはいまだに信じてるって言っていた」

話の内容にかかわらず、子犬や子猫がじゃれ合っているのが救いだった。

特に有栖川の母親の話に触れたときは、そう感じた。

真相は誰にもわからない。

逆を言えば、だから嗣子は妹を信じ続けることができるのだから。

「でも、そんなことが続いても、頑固なおじいちゃんは自分たちには戻れ、暖簾を守る手助けをしろとは頼ってこなかった。それどころか、今度は有栖川を跡継ぎとして育て始めた。溺愛もした。さすがに、もう知るか！　って状態になって。だから、おじいちゃんが亡くなったときには、容赦なく遺産も取り立てた。この屋敷はともかく、店をもらいたくなかったのは、もらったところで今更どうしようもない。継いでいけるだけの職人としての腕もないから、結果的に伯父さん共々現金で要求したんだって。そのほうが後腐れもないし――」

そうして話は巡りに巡って、今回の相続話へと繋がった。

小鳥遊の顔に悲愴感はまるでなかった。

そのため、有栖川も思いつめることなく、耳を傾けることができている。

「だから、有栖川が工場を立ち上げた理由が店の起死回生だったことも、本当は職人になれなかったから機械化に転じたってことも、つい最近まで知らなかったみたい。むしろ、自分たちはあんな思いをしたのに、さっさとオートメーション化したことにも腹が立ってたから、意識して耳に入れないようにしてたって」

本当か？　とは思う話も出てきたが、有栖川は特に何も切り出さない。

とにかく疑問や質問は、最後まで聞いてからにしようという姿勢だ。

このあたりは、嗣子の話を聞き続けた小鳥遊とよく似ている。

「それでも今回、結婚式には呼んでくれたから、いろんなことを水に流す時期なのかと思ってた。自分たちの子供は有栖川とはいとこになるわけだし、実際伯父さんの息子なんて、この家の直系男子じゃん。せめて、自分たちの代わりによりを戻してほしいし、おばあちゃんにも有栖川の家の孫まで否定してほしくなかったみたいで――。とはいえ、あまりにいろんなトラブルが続いたから、キーキーしちゃったし。いきなり天王寺さんに財産がどうこう言われて、ブチギレたのもあって、嫁イビリにまで発展したみたいだけどね」

そうして話も終盤に近づいた。

小鳥遊が、堪えきれずに噴き出した。

「でも、本当は今更財産がどうこうって言うつもりはなかったって。もちろん、この先うちの孫を、あなたたち夫婦の養子にしてくれてもいいわよーっていう、すごいてオチはあったけどね」

「養子⁉」

いきなりすぎて、有栖川の声も裏返った。

真剣に話し、真剣に聞いていた分、小鳥遊が「オチ」と言った意味がわかった瞬間の衝撃は大きい。

「そう。嗣子さんの孫、今幼稚園なんだけど、むちゃくちゃ泥団子作るのうまいんだって。でもって、伯父さんのところの小学一年生の孫は、時計の分解とかめちゃくちゃ好きな機械系だから、どっちも今の有栖川製菓には適任の跡継ぎよってことらしい。たぶん、これが一番言いたかったんだろうけどね。お家騒動の真相は前振りってことで」

だが、これを直接聞かされた小鳥遊は、そのときのことを思い出したのか、笑いが止まらない。

おそらく嗣子たちにとっては、これなら一石二鳥だわ！　と大いに盛り上がった妥協案なり、血族で老舗の暖簾を守るには、これしかないわよね！　という結論だったのかもしれない。

何より、小鳥遊と有栖川の同性婚を認めた上での名案なのだろうが、それにしても肇と二人で真剣に検討したのかと想像すると、笑えてならなかった。

小鳥遊がツボったのは、どこまでも真剣に言われたというところだ。

「転んでもただでは起きないね」

有栖川に至っては、その一言しか浮かばなかった。

実際嗣子たちと血が繋がっているのは自分のほうだけに、感情の持っていき場もないようだ。むしろ、小鳥遊が笑い飛ばしてくれなければ、救われない。

「年季が違うってことだろう」

「そう――。でも、そんなこともあったんだ。私が知らなかっただけで」

それでも有栖川は、何か気持ちが軽くなった。心の中の重りが減った。

それは有栖川の苦笑の中にも表れていた。

だから、小鳥遊は話してよかったと思う。

「たとえ家族であっても、全部理解してるなんて人はいないと思うよ。ましてや、暖簾のことか、先祖から受け継いだものとか、いろいろあって。それぞれの立場で考えも違ってくるだろうし。おじいちゃんにしたって、本当のところはわからないじゃん。職人向きじゃないってわかってる子供たちに、一生無理させたくなかったとも考えられるし。これればかりは本当、誰にもわからないって」

そうこうしている間に、再び一階から声が響いていた。

三食きっちり、規則正しい習慣が身についたのだろうが、嗣子の「お腹空いた」は、足元の四匹の催促と似たものを感じた。

小鳥遊がベッドから下りる。

「わかってることがあるとしたら、〝先祖の功績を汚すような事件までは起こすような家系でないと思う〟って言ってた香山社長の情報が、まんま正しかったってことぐらいで」

「確かにね」

急いで着替えて支度を整える小鳥遊の姿を、有栖川が目で追った。

四匹に至っては、小さな身体を駆使して、忙しく動く小鳥遊を追いかけ回している。

「じゃあ、先に朝ご飯の支度してくるから、こいつらよろしく」

「ああ——。遊！」

小鳥遊が部屋を出ようとしたところで、思い立ったように腕を摑まれた。

「何？」

「君のおかげで、いろんなことが助かった。ありがとう」

そう言って改めて額にキスをされた。

普通のキスより照れくさかった。

「どういたしまして！」

小鳥遊は頬を染めると、そのまま一階へ下りていった。

「あ、お前たち！」

そんな後ろ姿を見つめるうちに、四匹も小鳥遊のあとを追って、部屋を飛び出していった。

エピローグ

有栖川夫人が退院したのは、八月に入ってからのことだった。

一時は重篤な状態で運ばれたことを考えると、かなり早い回復であり退院だ。

それを見届けて安心したのか、嗣子と肇も帰宅した。

ただし、別れ際に、

「あ、でも孫の養子は大人になってからの話だから、勘違いしないでね。本人の意思も尊重してね」

真顔で小鳥遊の腹筋にとどめを刺した。

——本当に、本気だよっっっ！　どっちが、勘違いなんだよっっっ‼

それでも本人の意思が最優先は固いらしい。孫は可愛いようだ。

ただ、これですべてが落ち着いたかと思いきや、小鳥遊は最後の最後にすごい告白を受けた。

「はーっっっ⁉　偽嫁さんを逃がしたのが、実はおばあちゃんだった⁉　どういうことですか、それ。しかも、天王寺さんも知ってたって——意味がわからない！」

久しぶりの家族団らん、みんなで食卓を囲んでいたときのことだった。

突然有栖川夫人が懺悔したのだ。これには有栖川も呆然だ。

しかし、有栖川夫人はその後も懺悔した。

「――それは、ね。あのとき遊さんが言ったままよ。この子に、諒一に私のためだけに嘘の結婚なんてしてほしくなかったの。たとえお式と披露宴だけとはいえ、神様の前で嘘の誓いをしたり、来賓の皆様に嘘の報告なんてしてほしくなかったのよ」

申し訳なさそうに話す有栖川夫人は、どこかプルプルしたチワワを彷彿《ほうふつ》させた。

「大奥様や我々は、ずいぶん前から諒一坊ちゃまのご交際相手に、女性がいないことには気づいてました。それなのに、いきなり結婚と聞いて――。最初は、自分たちのほうが思い違いをしていたと喜んだのですが。式の直前、諒一様と森岡様が最終確認をしていたのを、偶然耳にしてしまいまして」

〝お願いよ。すべての責任は私が負うから、この役を降りて。今すぐここから立ち去って！〟

「大奥様が花嫁役の女性に懇願されました。それで女性も快く立ち去ってくださいました。事務所のほうには、こちらからきちんと説明をするということで、その場で折り合いをつけたのです。ただ、諒一様に消えた花嫁の説明をしようとされたときには、すでに遊様が身代わりを頼まれておりまして。大奥様が、この際だから勘違いをしたふりをして、諒一様にカミングアウトをさせようと即決なさって――」

ある意味、一番の大狸《おおだぬき》だったかもしれない天王寺も、一緒になって真相を明かした。

どうりで花嫁役の女性が、いっさいの言い訳をしなかったわけだ。

おそらく有栖川夫人が倒れて事情も変わってしまったので、真相の説明も天王寺にお任せになった。女性や事務所は有栖川に対して、黙秘に徹することしかできなかったのだろう。

これはこれでプロだなと、小鳥遊は感じた。有栖川にはノリノリだった仕事を投げ出したと思われて、彼女もさぞ辛かっただろう。

「それで、わざと俺を本命に仕立てたんですか⁉　俺こそが本当の花嫁だったのねーって」

「はい。まさかその直後に大奥様が倒れられるとは思っていなかったので。諒一様に、どんなお相手と結婚しても、私たちは大丈夫です。一切のお気遣いは無用ですので、どうかお心のままに、お幸せになってくださいと伝えられれば、それだけでよかったんです。その後は、遊様のことは勘違いして申し訳ありませんで――すませるつもりで盛り上がっただけなので」

天王寺も深々と頭を下げていた。

確かにあそこで有栖川夫人が倒れなければ、小鳥遊は「いえ、違います。俺は関係ありません」と言えただろう。

有栖川夫人にはしゃがれて、戸惑いはあった。

だが、それでもここまで大きな嘘の片棒は担げない。有栖川夫人も「花嫁が男でもいい」とはっきり言いきっていたのだから、何事もなければその場で真相を明かせた。有栖川にも「よかったね。我が道を邁進《まいしん》していいってよ」と言って、終わっていたことだろう。

そして、それもわかっていたからこそ、有栖川夫人は深々と頭を下げ続ける。

「本当に、ごめんなさいね。許して、遊さん。いいえ、智之さん。私の思いつきのために、諒一のことだけでなく、家のことにまで巻き込んでしまって」

小鳥遊には、ただただ頭を下げ続けた。

「でも、こうなったから言うわけではないけど。あなたが本当に諒一と結婚してくれたらいいのにって、あの場でも心から思っていたの。こんなにこの子自身のことを考えて、しっかり叱りつけてくれて。その上、私の気持ちまで代弁してくれて――。だからこそ、あなたに嘘をついたまま死ねないって思ったの。本当のことを言って、謝らなきゃって。ごめんなさいねって」

「おばあちゃん」

小鳥遊は、席を立って有栖川夫人の傍まで寄ると、そっと肩を抱いた。

その手の温もりから、今の自分の気持ちを伝えた。

「許してもらえるかしら？」

「それはお互い様ですから。結局俺、ここに居座るみたいだし」

終わりよければすべてよしではないが、結果的には有栖川と結ばれた。

小鳥遊にとっては、思いがけない恋人と家族も増えた。

シロやクロ、ブチやトラもこのまま屋敷で飼うことになったので、今となっては憤ることは何もない。それどころか、最高に幸せだと言いきれる。

「嬉しいわ！　智之さん。ああ――本当によかった。今度こそ本当のお式を挙げなきゃね」

ただ、この家の人間は、小鳥遊にとって想定外のことを起こすことにかけては天才だった。

「は⁉」

また何かおかしいことを耳にした。そう感じたときには、有栖川夫人が満面の笑みで席を立っている。

「天王寺！　すぐに手配をしてちょうだい。静汕荘でお式と披露宴をやり直しよ。智之さんもお友達が多いと聞いているし、みんなを呼んで盛大にやらなきゃね」

そんなことをされたら、一生何を言われるかわからない。

それこそ業界に伝説を残してしまう。小鳥遊は想像しただけで目眩がした。

こんなときに限って、披露宴のサービスなら俺たちに任せろ‼　とはしゃぐ香山社長とその一族、そして登録員たちの顔が浮かんだのだ。その日の静汕荘の大広間だけは、確実に乗っ取られる。

「かしこまりました。大奥様。では、早速手配を――」

「喜代も一緒に参列してね。今度こそ、留守番しますなんて言わないで。家族同然なんだから」

「はい！　大奥様」

「あ、他の者たちにも言わなきゃ！　職人や社員にも」

「みんな喜びますわ。大奥様」

だが、ここへきて喜代まで一緒になって盛り上がった。

小鳥遊は、目眩どころか血の気が引いてくる。

「いや、ちょっと待って。それは——さすがに。有栖川！」

「そうですよ、おばあ様。お気持ちは嬉しいんですけど——」

これには有栖川も抵抗を示した。すぐに止めにかかった。

ドレスを前にぶち切れた小鳥遊の形相を思い出したのかもしれないし、実際大がかりなお披露目までは、必要を感じなかったのかもしれない。

小鳥遊が希望するなら別だが、そうでないなら不要だろうと。

しかし、すっかり元気を取り戻した有栖川夫人は、幸せいっぱいの笑顔を返してきた。

「大丈夫よ。遊さんにドレスを着てなんて言わないわ。だって、私は男の子の智之さんをお嫁に迎えたんだもの。二人ともタキシードでいいのよ。それなら恥ずかしくないでしょう」

——いや。それはそれで、どうかと思いますが。

むしろ恥ずかしさ一万倍だ。高砂に新郎新郎で上げられるなんて、小鳥遊には耐えられない。

「ああ、楽しみ。大安はいつかしら？」

「六日ごとにありますよ。大奥様」

「そうだったわね」

——いっそカレンダーの六曜《ろくよう》を全部仏滅にしたい。それが無理なら消したい。

思い立ったが吉日で、小鳥遊はすぐに家の中にあるカレンダーを外してみた。

しかし、それでも気がついたら結婚式当日を迎えていそうでならなかった。
すっかり頭を抱え始めた有栖川と、改めて披露宴の夜を迎えてしまう日は、そう遠くないかもしれないと、肩を落とした。

おしまい♪

あとがき

こんにちは、日向《ひゅうが》です。本書をお手にしていただきまして、誠にありがとうございます。明神《みょうじん》先生の美麗なキャラクターたちに支えていただき、この『〜抱かれて』タイトルも、ビロード・晩餐会・披露宴と三冊目になりました。感謝しております。本当にありがとうございます！

前二作は香山《かやま》兄弟（社長の甥っ子たち）で職場仕事シーンをたっぷり書いたので、今回は新たなキャラで迎賓前にトラブル発生！　という形でお話を作ってみました。世間様の嫁もの・身代わりものとは若干違う気もしないではないですが（汗）、逆にそこを楽しんでいただけたら幸いです。

あ！　一応フォローしておきますが、どさくさに紛れて両思いが発覚した牧田《まきた》と森岡《もりおか》は、この先勝手に愛を育んでいくと思います。いずれも香山の人間ではないので、ある意味平和に過ごせることでしょう（笑）。

そして、有栖川《ありすがわ》は小鳥遊《たかなし》の尻に敷かれて、ワンニャンたちと共に、これはこれで幸せな家庭を築くと思われます。ただし、永遠の乙女（貴腐人《きふじん》!?）なお祖母様の言動には、何かとドキドキさせられるでしょうけどね！

それでは、またどこかでお会いできることを祈りつつ――――。

http://www.h2.dion.ne.jp/~yuki-h/　日向唯稀《ゆき》♡

CROSS NOVELSをお買い上げいただき
ありがとうございます。
この本を読んだご意見・ご感想をお寄せください。
〒110-8625
東京都台東区東上野2-8-7　笠倉出版社
CROSS NOVELS 編集部
「日向唯稀先生」係／「明神　翼先生」係

CROSS NOVELS

披露宴の夜に抱かれて

著者
日向唯稀

2015年8月23日　初版発行　検印廃止

発行者　笠倉伸夫
発行所　株式会社　笠倉出版社
〒110-8625　東京都台東区東上野2-8-7　笠倉ビル
[営業]TEL　0120-984-164
FAX　03-4355-1109
[編集]TEL　03-4355-1103
FAX　03-5846-3493
http://www.kasakura.co.jp/
振替口座　00130-9-75686
印刷　株式会社　光邦
装丁　磯部亜希
ISBN　978-4-7730-8793-2
Printed in Japan